René Schickele

Grand'maman

René Schickele

Grand'maman

ISBN/EAN: 9783956976735

Auflage: 1

Erscheinungsjahr: 2015

Erscheinungsort: Treuchtlingen, Deutschland

Literaricon Verlag Inhaber Roswitha Werdin, Uhlbergstr. 18, 91757 Treuchtlingen

www.literaricon.de

René Schickele

Grand'maman

Grün

Das Kind saß, festgemacht in einem gelblackierten Rollstühlchen, hinter dem Fenstergitter und blickte bald über sich in den Himmel, bald unter sich in die Tiefe.

Wenn es sich vorlehnte, konnte es mit den Fingern die anmutigen Schnörkel des Gitters nachziehen. Das Gitter war eine Arbeit aus Schmiedeeisen, so alt wie das Haus selbst, das aus dem achtzehnten Jahrhundert stammte und hauptsächlich durch Erneuerung seines rosa Anstrichs frisch erhalten wurde. Zum Nachzeichnen des Gitters gebrauchte das Kind nicht einen einzelnen Finger, sondern die ganze Hand. Zwischendurch griff es zur Rassel und ahmte die Geräusche der Welt nach.

Unten in der Tiefe lag der Fluss in seinem gemauerten Bett – für das Kind nur ein Graben, angefüllt mit grünem Wasser.

Die Sonne beschien ihn, Gewitter entluden sich in sein plötzlich verfinstertes Bett, es regnete tagelang, das Wasser nahm zu und wieder ab.

Immer kam der früheste Spielgefährte, der Wind, gelaufen und vergnügte sich damit, die Sonnenstrahlen auf dem Wasser zu Kränzen von kleinen, blitzenden Strudeln zu binden. Sobald sie in genügender Zahl vorhanden waren, sammelte er sie in ein plötzlich daherfahrendes Netz, das halb aus schauernder Luft, halb aus perlendem Wasser bestand.

Nach jedem dieser Windstöße blieb der Fluss undurchsichtig grün, bis das Spiel mit Funkeln und Blitzen von vorn begann.

Wie gewöhnlich, wenn es etwas heftig begehrte, war auf einmal die Mutter da, und das Kind wurde aus dem Stuhl und über das Gitter gehoben.

»Grün«, sagte die Mutter. »Grün, grün!« Sie deutete auf den scheinbar unbeweglichen Fluss. Und da geschah das Unerhörte.

»Ün«, rief das Kind und schwang die Ärmchen.

Die Mutter drückte es an die Brust und küsste es. Es war das erste Wort, womit ihr Kind in die Welt griff.

Durch den Erfolg ermutigt, fuhr sie fort: »Das ist die Ill. Sag Ill!«

»Ün!«, jubelte das Kind. »Ün! Ün!«

In der Tiefe begann gerade wieder das Hüpfen des Lichts auf dem Wasser, und das Kind beugte sich vor und blickte gespannt nach der Brücke. Dort nämlich pflegte das Netz, das die Strudel einfing, mit eins hervorzuschießen.

Das Kind empfand soviel Angst wie Freude, und als der Winddrachen nun richtig heranjagte und die tanzenden Sonnenkringel verschlang, sodass Unordnung und ein allgemeiner Untergang erfolgten, stieß es zwar einen Freudenschrei aus, klammerte sich aber gleichzeitig mit beiden Armen an die Mutter und verbarg das Gesicht an ihrem Hals.

»Was ist denn, Kleiner?«, fragte sie. »Was erschreckt dich denn so?«

»Ün«, versetzte das Kind furchtsam.

»Na, gewiss – grün. Das tut doch nicht weh?«

Gleich danach war der Schrecken vergessen. Das Kind sah lachend und mit den Armen fuchtelnd auf das Wasser, wo es wieder Strudel gab und kleine Trichter, angefüllt bis an den Rand mit flüssiger Sonne. Es waren die Augenblicke ungemischter Lust – in die erst allmählich, mit steigender Erwartung des Überfalls, die Schlänglein schaudernder Furcht sich einschlichen. An ein offenes Fenster des gegenüberliegenden Hauses trat eine Gestalt, die gleichfalls ein Kind auf dem Arme trug.

»Schau Robby«, sagte die Mutter, »deine Cousine Lisa. Mach Winkewinke!«

Sie ergriff sein Ärmchen und schüttelte es, und die beiden drüben winkten auf die gleiche Weise zurück.

»Lisa ist schon ein großes Mädchen«, erklärte die Mutter. »Ein ganzes Jahr älter als du, mein Junge. Robby, sag ›Lisa‹«

»Ün! Ün!«, rief der Junge und flüchtete an den Hals der Mutter.

Alle Versuche, seine Aufmerksamkeit auf die Gestalten im gegenüberliegenden Fenster zu lenken, misslangen, und schließlich setzte ihn die Mutter auf den Stuhl zurück, schloss das Querbrett, das ihn verwahrte, küsste ihn auf den dicken runden Kopf und verließ leise singend das Zimmer.

Robert spähte durch das Gitter, und wenn unten ein Wagen vorüberfuhr, ergriff er die Rassel und schwang sie aus Leibeskräften.

Einmal, als er lautlos dem Spiel der Strudel im goldgrünen Wasser folgte, setzte sich eine Schwalbe auf das Fenstergitter.

Sie strich abwechselnd mit dem einen und dem andern Flügel über das Köpfchen, schüttelte sich, fuhr mit dem Schnabel zwischen den Federn herum, als ob sie eilig jedes Stäubchen entfernte, schüttelte sich wieder, glättete mit langsamen, von unten nach oben kämmenden Bewegungen des Kopfes die vorgewölbte Brust, wobei sie sich im Kreise drehte und lustig umheräugte. Als sie nun mit dem Schnabel auch die Krallen zu säubern begann, setzte sich eine zweite Schwalbe auf das Gitter, und sogleich bemühten sich beide, voreinander schönzutun. Sie spreizten schimmernde Flügel, nickten mit den Köpfchen, die nach allen Seiten kleine Sprühfeuer versandten, ihre samtig weiße Brust hob und senkte sich, dazu zwitscherten sie ganz leise und innig.

Auf einmal waren sie weg, und das enttäuschte Kind schluckte ein paarmal, als ob es losweinen wollte. Es stieß aber nur einige piepsende Töne aus, die vermutlich die Schwalbensprache nachahmen sollten.

Die Mutter brachte den Vater. Ein Strahlen aus dunkelblauen Augen, mit dem der Himmel über dem Gitter gleichsam greifbar wurde, verdichtete sich und sank auf das Kind herab. Der Mann kauerte neben dem Fahrstühlchen und begann unverzüglich alles Grün durchzunehmen, das es auf der Erde geben mochte.

»Die Bäume sind?«, fragte er und hob den Zeigefinger.

»Ün«, sprach das Kind, der Finger fiel herab, und das Kind wartete gespannt, dass er sich wieder aufrichtete.

»Das Gras ist?«

»Ün.«

So ging es weiter, mit Heben und Fallen des Fingers und dem Strahlen tiefblauer Augen. Gehorsam, still beseligt von der eigenen Aufmerksamkeit, nahm das Kind an der gewaltigen Ausschweifung teil. Die Strenge der Form, in der sie geschah, war womöglich noch ergreifender als der Singsang der kleinen Gebete, die ihm die Mutter morgens und abends vorsprach.

Als das Kind wieder allein war, saß es still versponnen im Nachgenuss des Erlebten.

Ein dumpfes Dröhnen im Haus, das rasch näher kam, weckte es auf, und neben ihm ragte die Köchin Gudula. Sie ragte fast bis an die Decke des Zimmers.

Wo bei andern Menschen ein Ohr war, hatte sie ein rotes Loch – das Kind lehnte sich weit in den Stuhl zurück, um es zu betrachten. Sooft es die Hand hob und mit der Rassel schüttelte, nickte der Kopf in der Höhe. Es war ein schönes Spiel. Die Gestalt blieb unbeweglich, nur der Kopf nickte.

Man konnte das Spiel auch völlig vergessen, und wenn man nach langer Zeit wieder in die Höhe sah, war das rote Loch noch immer da, und wenn man die Rassel nach unten schwang statt nach oben, nickte der Kopf seitlich statt nach vorn.

Nachdem Gudula das vermeldete neue Wort des jungen Herrn persönlich aus seinem Munde vernommen hatte, marschierte sie entschlossen ab, wie sie gekommen war, und trotz der Filzpantoffeln bebte der Fußboden unter ihrem Schritt.

Das Kind kehrte zur Uneigennützigkeit seines Treibens zurück, ahmte mit der Rassel die Geräusche der Welt nach und blickte auf das grüne Wasser in der Tiefe ...

Dort unten gab es zu beiden Seiten des Grabens eine Brücke.

Die eine, in deren Höhlung der Wind wohnte, war schmal und den stillen Fußgängern vorbehalten, über die andre rasselten Wagen und jagten Menschen und Fahrräder auf die Seite – Furcht verbreitende Ungetüme. Hier wie dort versank der Graben in Finsternis, und je heller die Sonne schien, um so dunkler grub sich das Loch in die Tiefe. Hier und dort war das Ende der Welt.

Oben blieb die Welt offen, wie sich an den Vögeln zeigte, die hin und her kreuzten, ohne dass sich ihnen ein Hindernis in den Weg stellte. In der offenen Welt, und zwar rittlings auf dem Dach des gegenüberliegenden Hauses, hockte der Münsterturm. Ein wunderbares Ding!

Wenn das Kind morgens über das weiße Gitter des Bettes guckte, erkannte es an der Farbe des ragenden Gesteins das Wetter. War der Turm dunkel, begann das Kind mit kleinen, verdrießlichen Rufen, die immer wieder ansetzen mussten, um sich einen Weg in das Nebenzimmer zu bahnen, die dort schlafende Mutter zu wecken. Stand dagegen der Turm, einem rosigen Lichtsturz gleich, im silbernen Himmel, dann krähte es vor Vergnügen – ein Laut, der das Erwachen der Mutter festlich mit Sonne und Himmelsbläue umgab. Und von ihrem »*Tu entends, Edouard: Il fait beau*«[1] erwachte der Vater.

Abends drangen die Strahlen der Sonne so stark durch die hohe, schwebende Gestalt des Turmes, dass sie ganz und gar aus feuriger Luft gemacht schien. Es war das Letzte, was das Kind an schönen Tagen von der Welt sah, und sicher ging die überschlanke Himmelsblume an solchen Abenden in seine Träume ein.

Oft allerdings verschwand das Münster schier in den Wolken oder war nur als dunkler Strich erkenntlich im Nebel oder blieb gar darin verborgen, Stunden und Tage. Eine graue Angst drückte auf die Straßen und erstickte die Geräusche, die sonst die Stadt mit ihren heitern Lebenszeichen erfüllten. Wie Wehklagen antworteten einander die Stundenschläge der Kirchen, als letzte, fern und dumpf die der Münsterglocke – auch sie wusste keinen Trost für die kleineren Geschwister.

Es kam vor, dass die Mutter an solchen Tagen Licht machte. Sobald die Schritte des Vaters im Flur hörbar wurden und das Kind das vertraute Geräusch mit Strampeln und Singsang begrüßen wollte, löschte sie es schnell aus, und in die Dunkelheit trat ein Riese, auf dessen Wort die Mutter kleinlaut erwiderte und in dessen Gesicht, als es sich zu ihm niederbeugte, das Kind ängstlich nach den Zügen des Vaters forschte.

Er hatte kurzes, braunes, seitlich gescheiteltes Haar, er trug keinerlei Bart. Die dunkelblauen, verschlafenen Augen konnten plötzlich aufstrahlen, und dann erhellte sich die Traurigkeit, die vom Gesicht auf die gedrungene Gestalt überströmte, und der Mann stand wie im Licht. Darauf wartete das Kind.

Alles blieb finster.

»Ein dummer Kerl!«, äußerte der Vater, den die Zurückhaltung des Kindes kränkte. »Oder fehlt ihm etwas?«

»Er kann die Dunkelheit nicht ertragen«, antwortete die Frau.

---

[1] Französ. – »Hörst du, Edouard: Es ist schön.«

9

»So rücke den Stuhl ans Fenster.« Sie antwortete nicht. Vor dem Fenster stand ein schwärzlicher Nebel.

Der Mann sagte: »Wenn es nach dir ginge, würde das Haus bei hellem Tag in Lichterglanz erstrahlen.«

»Ja«, gestand leise die Frau.

Der Mann verließ das Zimmer. Eine Tür krachte zu. Eine zweite. Nach einer Weile, im Haus herrschte erschrockene Stille, brach das Kind in Weinen aus.

Wie oft fand der Auftritt statt? Robert wusste nur, dass der Vorfall sich noch wiederholte, als er längst nicht mehr im fahrbaren Stühlchen saß, sondern vor einem ordentlichen Tisch, an dem er seine Schularbeiten machte. Als die Tür zugekracht war, hatte er einmal auf den Tisch geschlagen und gerufen: »Eine Gemeinheit!«, und die Mutter hatte ihm eine zitternde Hand auf den Kopf gelegt: »Nein, Robby, er meint es nicht so. Er ist bekümmert. Wahrscheinlich hat er geschäftliche Sorgen ... Oder Grand'maman hat ihm gesagt – ... Sie will nicht, dass wir tagsüber Licht brennen. Sie sagt, es beleidige den lieben Gott. Der liebe Gott weiß, warum er uns Nebel schickt.«

Sie sprach hastig, und ihr Lächeln flatterte wie ein Vögelchen, das eine Katze erblickt und noch nicht recht fliegen kann.

»Warum fürchtet er sich vor Grand'maman?«, hatte er gefragt. »Er ist doch ein Mann!«

»Er liebt sie, mein Junge, er liebt sie! ... Und er liebt mich ... Und siehst du, Robby, beides geht wohl nicht recht zusammen.«

»Da muss er eben wählen. Ich muss auch wählen zwischen Lisa und Eva.«

Die Mutter rief unmerklich belustigt: »Du Armer! Musst du wirklich? ... Das ist aber sehr schwer – wie?«

Er zuckte die Achsel und trat mit männlich entschiedenem Schritt an das Fenster.

Sie war gefolgt und hatte ihm den Arm um die Schultern gelegt: »Hast recht, mein Junge. Über so was spricht man lieber nicht.«

Da hatte er ihren Kopf gefasst und sie wahllos ins Gesicht geküsst, dass sie, erschrocken, schnell das Zimmer verließ.

Die Riesen

Das Kind fand sich leichter mit dem Zorn der Erwachsenen ab als mit ihrem Kummer. Wenn der Vater schimpfte, fühlte Robert sich ihm schmerzhaft mit allen Fasern verbunden, der Vater riss ihn gewissermaßen an sich, das Gefühl der Geborgenheit ging nicht verloren, es nahm nur wilde Gestalt an. Ja, der Zorn übte auf ihn eine Anziehung aus, die mehr als Neugier, die ein grausig stilles Verlangen nach Erschütterung war. Traurigkeit hingegen schnitt jede Verbindung ab, man stand wie vor einem großen, fremden Wald, kein Kind konnte ihn betreten.

Obwohl man den düster geschwellten Lippen, die das Gesicht des Vaters beherrschten, den Unterschied nicht ansah, und die Äußerungen der Unlust die gleichen schienen, lernte Robert früh verstehn, wann es Ärger und Zorn waren, die ihn verfinsterten, oder die rätselhaften ›Sorgen‹. Er unterschied es, lange bevor der Mutter einmal die Worte entschlüpften: »Dein Vater ist der beste Mensch, Robby – und ich mache ihm lauter Sorgen!«

Sie sprach so, als sie von einer ihrer geheimen Reisen zurückgekehrt war, während deren Robby mehr unter der Fremdheit des Vaters litt als unter der Abwesenheit der Mutter. Durch das Bekenntnis wurde die bedrückende Wehmut des Vaters in Roberts Augen geheiligt. Zugleich entrückte es diesen noch weiter für das kindliche Gemüt, indem es ihn in die Nähe der Heiligen und Märtyrer versetzte.

Mit den Reisen der Mutter aber verhielt es sich so, dass sie eines Tages plötzlich fort war.

Gewöhnlich verschwand sie gegen Abend, nachdem sie die Tage zuvor, ohne das Haus zu den üblichen Besorgungen zu verlassen, in steigender Unruhe herumgegangen war. Der Vater saß bis tief in die Nacht am Telefon, und Robert, der mit wechselndem Erfolg gegen den Schlaf ankämpfte, hörte ihn leise sprechen oder in unheimlicher Stille durch die Wohnung schleichen.

Sooft er durch sein Zimmer kam, stellte Robert sich schlafend. Hinter seinen Lidern wurde es schwarz, da war der Vater zwischen das Nachtlicht und das Bett getreten. Manchmal ging die Finsternis schnell vorüber, manchmal hielt sie länger an, und das Kind vernahm über sich die schweren Atemzüge des Vaters. Wenn er endlich gegangen war und das Nachtlicht auf der Kommode wieder grüngoldne Dämmerung verbreitete, richtete das Kind sich auf, um zu lauschen. Hinter der lautlos geschlossenen Tür begann ein Wispern, im Flur läutete das Telefon, und die Stimme des Vaters rann leise und einschläfernd. Während der ganzen Zeit verließ die Großmutter nicht ihren Platz im Erker. Zuweilen rief ihr der Vater ein Wort zu, und sie antwortete gedämpft. Im Übermaß der Spannung drückte Robert das Gesicht in das Kissen und schluchzte auf.

Eine wonnige Bedrückung lastete auf ihm, ein Schrecken, der beseligend über ihm kreiste, sooft der Docht auf der Ölschicht des Nachtlichtes sich drehte und das Zimmer davon ins Schwanken geriet. Er wusste aus Erfahrung, dass er auf eine Frage keine richtige Antwort bekäme (die Mutter sei bei Verwandten und nicht ganz gesund). Er hätte auch nicht gefragt, wenn eine deutlichere Antwort zu erwarten gewesen wäre. Auf der Suche nach der Mutter verloren sich seine Gedanken in eine unbestimmte Ferne, und doch fühlte er sie ganz nahe – er war nur zu müde, die Fenstervorhänge und den Winkel zwischen Schrank und Türe im Auge zu behalten. In diesen Nächten hatte er oft den Traum vom abziehenden Gewitter.

Zweifellos war bei einem der ersten Gewitter, die er bewusst erlebte, der Eindruck nachträglicher Erlösung und Erquickung stärker gewesen als der vorausgegangene Schrecken. Er empfand keine echte Angst, im Gegensatz zur Mutter, die schwach und elend wurde, sobald sie das Gewitter in der Luft spürte, und nachher viele Stunden brauchte, um sich zu erholen. Während das Unwetter tobte, wartete er in halber Bewusstlosigkeit, bis mit den seltener werdenden Blitzen, mit der zu einem Murmeln herabsinkenden Stimme des Donners jenes andre heimliche Ungestüm einsetzte, für das ein einsam über den aufheiternden Himmel jagendes Wölkchen auf immer das Zeichen blieb. Er lief dann durch die Zimmer, öffnete die Fenster, hielt Gesicht und Hände in die einströmende Luft, war von unbändiger Freude erfüllt.

Dann hatte eines Abends der Blitz in das Nachbarhaus eingeschlagen und den Dachstock entzündet. Angesichts des Feuers, das sich im Fluss und in den Fenstern der gegenüberliegenden Häuser spiegelte, war ein Entsetzen über ihn gekommen, das sich mit der Vorstellung des Gewitters verband. Seitdem teilte er die Leiden der Mutter, und nur im Traum noch lebte die köstliche Beschwingtheit weiter, wie er sie früher als Gipfel des Entzückens gekannt hatte. Nur im Traum noch, hier aber so mitreißend wie je, segelte die freudige Botschaft des Wölkchens über den aufheiternden Himmel.

Die häufige Wiederkehr des Traumes in dieser Zeit trug dazu bei, dass er die Abwesenheit der Mutter weniger als Ernst empfand denn als schauriges Spiel. Im Grunde war er überzeugt, sie mache Spaß und spüre dabei die gleiche lustvolle Angst wie er selbst, und nur wenn der Vater durchs Zimmer kam, beschlich ihn eine Ahnung, als ob aus dem Spaß plötzlich furchtbarer Ernst werden könnte. Doch erfüllte sich die Befürchtung nie.

Bei ihrer Heimkehr brachte die Mutter, ob sie allein kam oder in Begleitung des Vaters (der sie ›abgeholt‹ hatte), einen Sturm von Wiedersehensfreude und Zärtlichkeit ins Haus, der alles, was sich darin rührte, Verwandte und Freunde, Gerät und Geschirr, wie mit Duft und Licht und Musik durchdrang, und tagelang herrschte festliche Freude.

Für die Kinder war es eine hohe Zeit. Marie-Louise schenkte ihnen das gesamte Anwesen – von der Halle mit der breit geflügelten Treppe, die sich für feierliche Auftritte eignete, bis zum Speicher im hintersten Quergebäude, wo sich einmal ein Mann wegen Weibergeschichten aufgehängt hatte. Sie überschwemmten die Wohnung und durften, ehrfürchtig verstummend wie in einer Kirche, das Erkerzimmer und die Großmutter aus der Nähe bewundern – der alberne Robby stand hinter der Tür und tat, als reiche er einem jeden beim Eintritt das Weihwasser. Gegen Abend brachte ihnen Vater Schmittlin in den Höfen verwegene Spiele bei, Offenbarungen selbst für die Jungens. Der gute Mann holte nach, was er in der eigenen Kindheit gezwungenermaßen versäumt hatte.

Einmal, an einem Vorfrühlingstag, als Robert das *Riesenspielzeug* von Chamisso für die Schule auswendig lernte, sandte Marie-Louise Eilboten aus, um die Kinder zu sammeln, und fuhr mit ihnen zum Schauplatz des Gedichtes. Die Nacht zuvor hatte es geregnet, sodass die

Ebene sich ihnen als ein einziges Funkeln darbot, worin die Hopfenfelder mit ihren hohen Pfählen oder Spalieren gleich Lichtorgeln emporragten. Das Grün der noch ungleich sprießenden Wintersaat bedeckte die Äcker mit winzigen Leuchtkäfern, die sich in der Sonne zu rühren und übereinanderzupurzeln schienen – ein Eindruck, der durch die Bewegung des Zuges verstärkt wurde. Die Erde darunter war schwarz und locker, und es sah aus, als ob ständig neue Schwärme von Käfern aus der Erde hervorkröchen ... Die Wässerlein, die überall sprangen oder in glatten Bogen über die zur Bewässerung der Wiesen dienenden kleinen Wehre schossen, waren von reinstem Silber und Himmelblau. Etwas unsäglich Kindliches lag schlummernd in der Natur und regte sich mit leisen wie andeutenden Gebärden.

Eva Klein fand die Nebelschleier an den Flanken des bläulichen Gebirges ›außerordentlich kleidsam‹, der letzte, schimmernde Schnee der Gipfel aber brachte Lisa auf einen Gedanken: Sie zog sich eilig in das WC zurück und biss ein schönes Stück von dem Talglicht ab, das, in Seidenpapier eingewickelt, als köstliche Schleckerei zuunterst in ihrer Tasche verwahrt lag.

Auf dem Weg von der Endstation zur Ruine sangen die Kinder in allen Tonarten:

»Burg Niedeck ist im Elsass der Sage wohlbekannt,
Die Höhe, wo vor Zeiten die Burg der Riesen stand.
Sie selbst ist nun verfallen, die Stätte wüst und leer,
Du fragest nach den Riesen, du findest sie nicht mehr.«

Die Ruine enttäuschte sie – die ›Höhe‹ war gering, zumal im Vergleich mit den Schneegipfeln, und die ›Stätte‹ tatsächlich wüst und leer. Die Riesen jedoch, die fanden sie, ohne danach zu fragen. Sie erkannten sie in jeder Gestalt, die in der Ferne auftauchte, und im Wald wimmelte es von ihnen. Es waren gewaltige, kerzengerade Gestalten, die, kaum, dass man hinsah, tückisch hinter die Bäume zurücktraten. Dieses Ausweichen und Sich-in-den-Hinterhalt-legen der Riesen regte die Kinder maßlos auf. Jeden Augenblick erwarteten sie, dass eine der unabsehbar hohen Gestalten oder mehrere zugleich aus dem Wald, der unter der Sonne wie eine Waschküche dampfte, mit einem ungeheuren Sprung auf den Pfad setzte, und dann –. Sie sprachen so lange darüber, was dann geschehen würde, bis Lisa sie in

Reih und Glied aufstellte und befahl, geschlossen vorzustoßen, um ›das Gesindel zu verjagen‹. Sie selber stellte sich an die Spitze des Trupps.

Zögernd folgte die Schar der Anführerin, die mehr hinter sich auf die Gefolgschaft als vor sich in den kochenden Wald blickte, während Marie-Louise mit den Kleinsten auf dem Pfad blieb und zu ihrer Beruhigung von Zeit zu Zeit »Hallo!« rief. Wenige Minuten später kamen sie schreiend zurück: Sie hatten ein Reh aufgescheucht.

»Es ist ja auch Unsinn, solchen haushohen Kerlen unbewaffnet entgegenzutreten«, bemerkte Eva, als sie sich, dicht an Marie-Louise gedrängt, von ihrem Schrecken erholt hatten. »Was können wir da schon ausrichten mit unsern paar Haarnadeln.«

»Haarnadeln!«, höhnte Lisa. »Haarnadeln!«

Sie wandte sich von den törichten Altersgenossen ab und zu Marie-Louise.

»Ich hab' natürlich auf die Jungens gerechnet«, erklärte sie.

»Und die sind natürlich zuerst weggelaufen. Ich wette, es hat nicht einmal einer ein Taschenmesser bei sich.«

»Zwei!«, behauptete Emil. »Zwei Dolchmesser und einen Revolver.« Aber er weigerte sich, sie vorzuzeigen, und musste auf Lisas Anordnung zur Strafe zehn Schritt hinter den andern hergehen, bis er gestand, dass er sein Waffenarsenal zu Hause vergessen habe.

»Na also!«, rief Lisa mit einem verächtlichen Blick auf Eva. »Wo sitzt jetzt der Unsinn? Ihr habt mich einfach im Stich gelassen.«

Auf der Heimfahrt sagte Lisa zu Marie-Louise: »Übrigens, Tante – du bist auch eine Riesin. Eine kleine, aber ausgewachsene Riesin. Wir Kinder sind Menschen, und ihr Erwachsenen seid Riesen.«

»Nein«, versicherte Marie-Louise. »Ich gehöre zu euch. Ich wachse noch.«

»Du willst wirklich ein Mensch sein?«, fragte Lisa zweifelnd.

»Ja, das will ich.«

»Na, na! Ich wäre lieber eine Riesin.«

Am Bahnhof erwartete Schmittlin die Ausflügler mit zwei Kutschen. Er trug eine fremdländische, lachsrote Blume im Knopfloch, an der, nach Marie-Louise, alle riechen durften.

Edouards Gesicht, für gewöhnlich das Trauergesicht eines geistvollen Komikers, war in den Jubeltagen ein Himmel, den kein Federwölkchen trübte. Die Lippen bebten von Einfällen, die er nur nicht äußern konnte, weil ihm über der Fülle des Andrangs die Zeit dazu fehlte. Der aufwallende Quell seiner Augen speiste ein Leuchten, das auch seine Gestalt verwandelte, er war leicht, durchlässig, beschwingt, und wenn sich sein Rücken gelegentlich unter einer Last zu beugen schien, so war es der Rücken eines Atlas, der eine glückschwere Erde schaukelt.

Die Blume in seinem Knopfloch, bemerkte Lisa, dufte ›wie Honig mit Pfeffer‹. Als sie zum zweiten Mal daran roch, spürte sie das Verlangen, schnell ein Stückchen von ihrer Talgstange abzubeißen, konnte aber trotz Umherspähens keine Gelegenheit entdecken, zu verschwinden.

»Du fragest nach den Riesen, du findest sie nicht mehr«, murmelte sie erbittert. In der Tat sah sie um sich die Welt von lauter Riesen verstellt und unbenutzbar gemacht.

Danach kam der Kinderball.

Eva Klein war bei Weitem die Schönste und Eleganteste von allen. Marie-Louise versicherte es ihrem Sohn nicht weniger als drei- oder viermal im Laufe des Abends. Er hörte es ungern, denn Lisa bestrafte ihn für die bezaubernde Erscheinung Evas, indem sie ihm aus dem Wege ging und feurige Blicke versandte, die, gut gezielt, haarscharf an seinem Kopf vorübergingen, wahrscheinlich, um andre Augen hinter ihm zu treffen. Als er sich einmal umdrehte, sah er, dass sie auf die Mauer gezielt hatte.

Bei der Damenwahl tanzte er mit Eva – Lisa war auf Vater Schmittlin geflogen. Der sang daraufhin berauschende Lieder, und Marie-Louise begleitete ihn teils am Klavier, teils mit der Gitarre. Lisa saß dicht vor dem Sänger und gab das Zeichen zum Beifall. Robert sprach den ganzen Abend kein Wort mehr mit ihr, und als die Kinder sich verabschiedeten, war er nicht aufzufinden. Lisa kicherte: »Ich weiß, wo er steckt. Da soll er nur bleiben.«

»Du bist eine Brutale«, flüsterte Eva ihr ins Ohr. »Der Mann, der dich kriegt, kann mir leidtun.«

»Soll er auch«, meinte die andre frech ...

Vor Empörung über Lisas Antwort konnte Eva in dieser Nacht lange nicht einschlafen.

Wie aber verhielt sich Grand'maman zu soviel Übermut? Nun, auch sie vermochte anscheinend der Lustbarkeit nicht zu widerstehen und thronte gelassen über einer wunderbar erleichterten Welt.

Auf ihre Weise liebte sie Marie-Louise. Ohne sie war es langweilig in Grand'mamans verödetem Reich. Das Haus mit allem, was es enthielt, schien zu träumen, die Köchin Gudula, die von ihr den Befehl erhalten hatte, versuchsweise auch einmal sparsam zu wirtschaften, stellte halb gares Gemüse auf den Tisch, das Frühstücksei roch nach südlichen Ländern, woher es kam. Grand'maman fühlte sich alt, die Kopfhängerei ihres Sohnes zog sie ins Grab. Deshalb sagte sie (und in den ersten Tagen nach Marie-Louises Heimkehr konnte man ihr auch glauben): »Vergnügt euch, Kinder! Der liebe Gott hat fröhliche Menschen gern.« Ihre Augen schwammen im Frieden der frühen Morgenstunde und Edouard grüßte: »*Stella matutina*, der Morgenstern ...« Es war eine herrliche Zeit. Die Stundenschläge der Kirchen, als letzte und gewichtigste die des Münsters, waren Segenssprüche für das in den Mittelpunkt der Schöpfung gerückte Haus am Schiffleutstaden. Dann, es kam immer wieder überraschend, erfolgte eines Tages die gleichsam polizeiliche Verordnung: »So, Kinder. Morgen machen wir Aschermittwoch, wir kehren zu einem geordneten Lebenswandel zurück. Hoffentlich heißt es nicht wieder: auf bald!«

Und Marie-Louise schickte Eilboten aus, diesmal, um die Kinder vom Hause fernzuhalten.

Nach alledem erklärt es sich zur Genüge, warum Robert in jüngeren Jahren das Verschwinden der Mutter geradezu herbeisehnte. Erst als Lisa ihm eine Bemerkung ihres Vaters hinterbrachte, der zufolge die arme Marie-Louise gar nicht wisse, dass sie fortgewesen sei und erst recht nicht, wo sie sich aufgehalten habe, begann in ihm die Angst vor der ›komischen Krankheit‹ zu überwiegen – bis er sie eines Tages in jäher Erleuchtung mit der ›Familienschande‹ in Zusammenhang brachte, von der er Grand'maman bisweilen hinter der Hand sprechen hörte.

Sobald er in der Folge die dem Verschwinden der Mutter vorangehende Unruhe wahrnahm, wurde er krank – er bekam leichtes Fieber und erbrach. Vielleicht hoffte er, so die Mutter zurückzuhalten, und anfangs beruhigte sie sich auch über seiner Pflege. Kaum aber war er gesund, ging sie ihm in der Dämmerung verloren, als habe die Luft sie geschluckt.

Robert hätte geschworen, er sei ihr nicht von der Seite gewichen.

Grand'maman

Indes halten wir noch bei der Zeit, da Robert an der Hand der Mutter über die beiden Brücken hinaus vordrang und eine maßlos erweiterte Welt entdeckte. Es verging selten ein Tag, an dem nicht etwas Überwältigendes geschah, einfach dadurch, dass die fernen Dinge, in einem endlosen Aufmarsch näher und näher rückend, sich dem Kinde stellten, einen Namen bekamen und damit ihre Fremdheit verloren.

Welches Museum wäre dem Gehirn eines Kindes vergleichbar, worin die ersten und stärksten Bilder der Welt sich versammeln! Jeder Tag sendet ganze Fuhren von Gemälden und Skizzen dahin ab, und wer weiß, wo ein Kind die Riesenkräfte hernimmt, sie alle unterzubringen. Mögen viele auch erst einmal im Dunkel der Magazine verschwinden, sie sind da, das Leben wird sie früh oder spät wieder ans Licht bringen.

Als Robert unter Anleitung Lisas das Porzellanschild *Schmittlin & Walter, Baugeschäft* lesen gelernt hatte, fühlte er sich mit einem Schlag als Überwinder des Haustores samt der Einfahrt. Das Verbot, weiter als bis hierher vorzudringen, weil weiter hinten böse Menschen wohnten, war vergessen. Das Dunkel der Torfahrt lichtete sich, und statt unter dem Bogen eilig zur Glastür zu streben, die in eine leere, mit Steinfliesen belegte Halle und von dort über eine zweiflügelige Treppe in die Wohnung führte, marschierte er, von Lisa gefolgt, stracks in den Hof hinein und weiter, nochmals durch einen Torweg, in den zweiten Hof, von dem er bisher überhaupt nichts gewusst hatte. Und hier machte er sprachlos halt.

Der Hof war viel größer als der erste, und während es dort nur einen Baum gab, der die moosigen Pflastersteine beschattete, und eine fensterlose, mit Efeu bewachsene Hauswand, türmten sich hier Berge von Sand und Kieseln, Gerüststangen, Brettern, umgedrehten Schubkarren – in einer Ecke stand, keilförmig ausgerichtet, ein Trupp von Wurfsieben, in der andern, wie in einem Haufen vom Himmel gefallen,

Schaufeln, Spitzhacken, Stemmeisen, langstielige Hämmer und anderes Werkzeug mehr. Dazwischen liefen, übereinandergeschichtet bis zur Höhe der Mauer und mit Dachpappe zugedeckt, lange Reihen von Säcken.

»Zement«, erklärte Lisa.

Von den dicken, schwarzen Röhren an der andern Hofmauer behauptete sie, man könne durch sie hindurchkriechen, sie habe es selbst schon getan, hinter dem Emil her, der durchgelaufen sei wie auf Rädern. Sie habe viel länger gebraucht, obwohl er sie schließlich von hinten mit einer Stange gestupft habe, und dann habe sie tagelang nach Teer gerochen – ›ein feiner Geruch‹.

Das Zwischengebäude, dessen andre, efeubewachsene Wand nichts von seinem Geheimnis durchsickern ließ, hier hatte es zahlreiche Fenster. Im Erdgeschoss standen sie alle auf und liefen über von herrlichen Geräuschen. Rhythmisches, von zartem Klingeln unterbrochenes Klappern einer Schreibmaschine, Schwirren des Telefons, das, anders als in der Wohnung, wie Lachen klang und dem ein fröhliches Aufwallen gewisser Geräusche antwortete, während andre plötzlich versanken ... Robert sah beseligt zu Lisa empor, aber der schien alles hier vertraut und selbstverständlich – sie zeigte das erhabene, etwas einschüchternde Lächeln der Erwachsenen.

»Das nennt man ein Baugeschäft«, stellte sie mit lauter Stimme fest. Aus dem gegenüberliegenden Gebäude, dem dritten des Anwesens, das den Hof abschloss, kam zugleich mit einem scharfen, säuerlichen Geruch das Scharren und Wiehern von Pferden.

»Da sind die Rosse, und dort wohnt unser Onkel.«

Robert vernahm zum ersten Mal, dass es außer Lisas Vater noch einen andern Onkel gab. Er blickte zum Stockwerk über den Geschäftsräumen, darin sich die Welt so eifrig rührte, während ein Onkel darüber ein stilles, verborgenes Leben führte. Das Geheimnis des Hauses wechselte das Gesicht und wurde ernst und verschwiegen.

Immerhin übten die Pferde eine ungleich größere Anziehungskraft aus als der geheimnisvolle Onkel, und so ergriff er Lisas Hand und machte sich auf den Weg dorthin, wo die Rosse wohnten. Es war das größte der Häuser wegen des Daches, das nicht weniger als drei Reihen von Dachluken aufwies. Im Erdgeschoss lagen die Stallungen und Wagenschuppen, die zwei Stockwerke darüber dienten als Wohnungen und Lagerräume.

»Du«, sagte Lisa. »Wir müssen mal auf den Speicher. Ich war oben mit dem Emil. Die Emils wohnen im zweiten Stock, da kann er hinauf und hinunter, ohne dass ihn wer erwischt. Der Speicher ist groß wie ein Bahnhof, sag' ich dir. Es hat sich mal einer von euern Arbeitern dort aufgehängt. Seitdem traut sich keiner hinauf. Aber der Emil und ich, wir waren oben. Er hat mir den Balken gezeigt, wo der Mann sich aufgehängt hat ... Man sieht aber nichts mehr«, fügte sie bedauernd hinzu. Robert erkundigte sich, wozu der Mann sich aufgehängt habe.

»Wahrscheinlich eine Weibergeschichte«, erklärte Lisa.

Eine Ahnung verriet ihm, dass er als Mann zu wissen habe, was das sei, eine Weibergeschichte, und er nickte vielsagend.

An diesem Tag besichtigten sie nur den ersten der beiden Ställe. Das Mittagsläuten vom Münster berief sie ab, kaum, dass sie sich in den Anblick zweier gewaltiger, rotbrauner Pferdehintern vertieft hatten, die von langen Schweifen gepeitscht wurden. Lisa atmete geräuschvoll ein und leckte sich den Mund, als ob sie von dem Ammoniakgeruch naschte.

»Fein!«, sagte sie. »Was, kleiner Mann? Fein. Das gibt Kraft. Schnauf mal ordentlich!«

Robert atmete aus Leibeskräften.

»Merkst du was?«

»Und ob!«

»Im Bauch!«

Er war erstaunt.

»Im Bauch?« Er legte die Hand auf den Nabel. »Im Bauch spür' ich nichts.«

»Na, so komm!«, sagte sie abschließend. »Du bist noch zu klein. Bei dir geht's noch nicht so tief.«

Bei Tisch erzählte Grand'maman eine Geschichte, die Robert längst auswendig wusste. Er hätte ihr auch diesmal mit Teilnahme gelauscht, wären nicht die rotbraunen, wunderbar gewölbten, silbrig schweißenden Pferdehintern gewesen.

Er sah sie vor sich im Halbdunkel des Stalles aufragen, sah sie leuchten. Trotz des unendlich vornehmen Glanzes von Großmutters Erzählung waren sie es, die ihn blendeten, keineswegs der französische Kaiser und seine Frau, die Grand'maman, ›als wäre es gestern gewesen‹, die Loge in der Pariser Oper betreten ließ, während das Publikum, und darunter die damals sehr junge Großmutter, sich tief verneigten.»In diesem Augenblick«, meinte sie,»hielten wir uns selbst für kaiserliches Geblüt.«

Grand'maman sah heute noch wie eine Königin aus, besser gesagt eine Königinmutter, in ihrem taubengrauen, unter den Ohren schließenden Seidenkleid und der Goldkette mit dem kleinen Kreuz, das auf dem Paradekissen des hochgeschnürten Busens ruhte. Ihre Taille war noch immer schmal, ihre Schultern immer noch fein gerundet. Sie trug eine schwarze Spitzenhaube, die sie erst abends im Bett, wenn niemand mehr zu ihr durfte, gegen eine weiße Nachtmütze vertauschte. Trotz der dicken Lippen und des zu runden Kopfes, die sie ihrem Sohn vererbt hatte, strahlte ihr Gesicht in einer verhaltenen Schönheit, die man sich erst gar nicht recht zu erklären wusste. Man fühlte die Wirkung, bevor man die Ursache erkannte, und dies Rätsel fesselte mehr als die regelmäßigste Schönheit. Das Gesicht hatte die Farbe alten Elfenbeins, dem ein gewisser Goldton etwas Lebendiges, mit Atem und Veränderlichkeit Begabtes verleiht. In dem hellen Gesicht saßen ganz lichte Augen, das Blau der Iris schien flüssig und durchscheinend, das Weiß darum war wie Milch, wie das milchige Licht am frühen Morgen. »*Stella matutina*, der Morgenstern«, sagte Edouard, wenn er von den Augen seiner Mutter sprach, und die weitverzweigte Familie sprach es ihm nach – freilich nicht immer im Ton der Bewunderung.

Grand'maman, die, klein und fest umrissen, in untadeliger Haltung bei Tisch saß, hatte mit einer Bewegung von Schulter und Hüften leicht, ganz leicht nur, eine zeremonielle Verbeugung angedeutet, und nun senkte sie die Stimme und sagte lächelnd:»Wir heben den Kopf – und was sehen wir? Das hohe Paar dankt uns mit unbeschreiblicher Anmut … Darauf verneigen wir uns nach der andern Seite, wo …«

»Grand'maman, weißt du, wie die Rosse hinten im Stall heißen?«, rief Robert. Als ein beklommenes Schweigen folgte, wurde er sich natürlich gleich der Todsünde bewusst, die in der Unterbrechung der Großmutter lag. Er wollte, schon beträchtlich beunruhigt, die Stimme zu einer Entschuldigung erheben, da wandelte ihn angesichts der versteinert dasitzenden Eltern die Befürchtung an, mit seiner Frage ein viel größeres Unheil heraufbeschworen zu haben, das vorläufig noch im Dunkel lag. Die Mutter hielt den Blick gesenkt, der Vater starrte

22

auf Grand'maman, und Grand'maman – lieber, guter Gott! – Grand'-maman begann wahrhaftig mit dem Kopf zu schütteln.

»Was ist das, eine Weibergeschichte?«, wollte er in der Verwirrung ausrufen. Er hielt es gerade noch zurück und errötete nur.

Sobald das Kopfschütteln Grand'mamans einsetzte, machte sich Robby stets auf etwas Entsetzliches gefasst. Für gewöhnlich saß der Kopf der Großmutter ebenso fest wie andre Köpfe. Plötzlich aber begann er zu wackeln, als ob der Hals ihn nicht mehr hielte, und dazu beschrieb er eine kreisende Bewegung, die so lange dauerte, bis ein sonderbares Lächeln auf ihr Gesicht trat. Dieses Lächeln saß im Innern des Kopfes und wurde durch Schütteln an die Oberfläche gebracht. Es kam nur langsam zum Vorschein. Sobald es festsaß, kehrte der Hals in seine steife Haltung zurück, und dann, dann schien Grand'maman entzückt den Kopf ihres größten Feindes auf der Pike zu tragen. Je nach den Umständen dauerte das Schütteln kürzer oder länger und erreichte seinen Höhepunkt an einer dramatisch wirksamen Stelle des Gesprächs. Nicht als ob die Alte sich die Stelle ausgesucht hätte! Ihr Kopf war der natürliche Erdbebenanzeiger, der einfach bei der stärksten Erschütterung stehen blieb.

Robert verfolgte gespannt das Naturereignis – durch seine Wiederholung hatte es für ihn noch nichts von seinem Schrecken verloren. Seine Füße wurden schwer, sie zogen ihn unter den Tisch in eine Tiefe, aus der das Brausen der offenen Hölle heraufstieg. Um dem entgegenzuwirken, setzte er seine Beine in Bewegung, er flüchtete gleichsam nach der andern Seite. Der Vater kam ihm unfreiwillig zu Hilfe.

»Schaukelst du schon wieder mit den Beinen?«, fuhr er ihn an. Es war eine Erlösung. Sofort hörte das Sausen auf und auch das Absinken unter den Tisch. Robert fühlte sich im Geiste angepackt und gehalten.

»Lass ihn nur schaukeln«, meinte Grand'maman mit ihrer hohen feinen Stimme. »Er ist ein Kind. Er weiß nicht, was gut und böse ist. Aber andre wissen es. Und ich lasse mir niemand über den Kopf wachsen.«

Die Mutter beugte sich über ihren Teller, sie errötete flammend.

»Seht ihr«, sagte Grand'maman und richtete, immer hastiger mit dem Kopf wackelnd, den Blick auf sie. »Ich habe niemand angeklagt ... Nicht wahr, Marie-Louise?«

»Nein«, sagte kleinlaut die Mutter. »Nicht geradezu.«

»Nein«, wiederholte die Alte. »Nicht geradezu.«

»Wer hat dir die Ställe gezeigt?«, schlug Vater Schmittlin dazwischen. Er sprach sehr laut und drohend, in der Hoffnung, die Alte von Marie-Louise abzulenken.

»Bitte, schrei nicht so. Wir sind hier kein Wirtshaus ... Leise, Kinder, leise.«

Sie wusste genau, dass Edouard nur durch Poltern seine Schüchternheit überwinden konnte, von der sie selbst nicht hätte sagen können, ob sie angeboren oder das Ergebnis ihrer Erziehung war.

»Wer also«, nahm sie die Frage mit zärtlichem Anstand auf, »wer, mein Kind, hat dir die Ställe gezeigt?«

»Lisa«, flüsterte der Junge.

»Aha! Aha! Alles kommt aus der gleichen Ecke. Die Familie Walter ... Die wildhaarige Familie Walter ... Wie lange sage ich schon, dass ihr unserm Jungen die Mädchenlocken schneiden lassen sollt! Es ist eine Sünde bei einem Jungen! Damit machen die Walterschen ihn zu einem der ihren.«

»Er hat doch so schöne Haare«, wandte Marie-Louise zum Entsetzen ihres Gatten ein.

»Schön, schön ... Heißen wir Walter oder heißen wir Schmittlin?« Ihre Worte schepperten leise.

»Ich bin eine Walter«, bemerkte Marie-Louise mit einem Anflug kindlichen Trotzes.

»Du warst eine Walter, meine Liebe, du warst es. Du bist es nicht mehr.«

Eine kurze Pause, Robby wünschte seine Haare zum Teufel, und Grand'maman, die weder der Strenge ihres Sohnes noch der demütigen Gesinnung der Schwiegertochter vertraute, nahm die Vernehmung, immer noch schüttelnd, persönlich in die Hand.

Wann war es geschehn? Wie kam es, dass man Robert mit seiner Cousine hatte fortgehen lassen? Wo waren sie gewesen? Seit wann ließ man Kinder unbeaufsichtigt in der Stadt herumlaufen? Sollte das in gewissen Familien so üblich sein? Wann waren sie vom Spaziergang zurückgekehrt?

Robert, der Verzweiflung nahe, brach mit der Mitteilung vor, dass er jetzt das Porzellanschild *Schmittlin & Walter, Baugeschäft* lesen könne.

Die erhoffte Wirkung blieb aus. Grand'maman, die sonst die Fortschritte ihres Enkels mit Genugtuung auf die Ehrentafel der Familie Schmittlin eintrug, schien von allem Sippenehrgeiz gänzlich verlassen.

»Hast du mit jemand gesprochen?«, lispelte sie.

Robert erkannte, dass das Hervorschütteln des gefürchteten Lächelns in das letzte Stadium trat.

»Nein«, rief er, und da es ihm vorkam, als ob mit diesem Nein unvermutet Rettung winkte, rief er: »Ich habe noch einen Onkel – wusstet ihr das? Er wohnt da hinten!«

Und als niemand antwortete, fügte er, fast schon weinend, hinzu: »Böse Menschen sind gar keine da! Grand'maman hat sich verkohlen lassen.«

Die traurigen Lippen des Vaters bebten: »Und du behauptest, du hättest mit niemand gesprochen!«

Grand'mamans Kopf wackelte nicht mehr. Sie lächelte. In die entsetzte Stille fielen die Worte: »Da haben wir's!«

Und ihre Augen leuchteten in himmlischer Klarheit.

Alle saßen starr, als wäre die Katastrophe offenbar geworden.

»Sie haben ihn auch gleich lügen gelehrt«, sagte sie noch, ganz leise. Ihr Lächeln war eisige Wonne.

Robert wollte widersprechen, und auch die Mutter erhob das Haupt. Grand'maman sah den einen und die andre an, und beide schwiegen. Der Befehl des Vaters: »Geh in dein Zimmer!« fegte den Jungen hinaus. Als die Mutter sich ebenfalls vom Tisch erheben wollte, nagelte ein »Bitte, Marie-Louise!« der hoheitsvoll aufgerichteten Großmutter sie auf ihren Stuhl fest. Sehr sanft sagte Marie-Louise: »Das Kind hat noch niemals gelogen.«

»Bisher nicht«, bestätigte die Alte, »nur immer an den Fingernägeln gekaut.« Offenbar erblickte sie im Fingernägelkauen die Vorschule der Lüge.

Marie-Louise zeigte sich hartnäckig: »Auch jetzt nicht.«

»Auch jetzt nicht?«, wandte Schmittlin schüchtern ein.

»Nein, verzeih, auch jetzt nicht.«

Es war so viel Festigkeit in ihrer Schwäche, die Stimme ein wenig bebend, entstieg so rein ihrer dunkeln Anmut, dass Edouard sich verwirrt in ihren braunen Augen verlor. Grand'maman holte ihn schnell wieder heraus.

»Bitte, Edouard, klingeln!«, befahl sie, und die Mahlzeit ging zu Ende, ohne dass ein weiteres Wort gesprochen worden wäre. Als man sich vom Tisch erhob, versuchte Schmittlin neuerlich ein Ablenkungsmanöver.

»Ich kenne jemand«, äußerte er aufgeräumt, »mit dem nächstens abgerechnet wird. Der Walter muss heraus aus der Wohnung im Hof ... Und vielleicht auch aus dem Geschäft!«

»Vielleicht?«, sagte die Großmutter. »Vielleicht.«

Sie sah ihn an.

»Mein guter Junge! Du spielst mir zuliebe den wilden Mann. Ich kenne das. Du möchtest deine Ruhe haben ... In Ruhe deinen Kaffee trinken ... Wenn du wüsstest, wie du mich an deinen armen Vater erinnerst.«

Sie schritt an seinem Arm zum Erkerzimmer, Marie-Louise folgte.

»Dein Bruder, liebe Marie-Louise, schadet uns beträchtlich«, sagte sie, ohne den Kopf zu wenden. »Er führt einen unklaren Lebenswandel. Und außerdem verlieren wir eine hübsche Miete. In diesen Zeiten ... Verzeih', dass ich so von deinem Bruder spreche. Du weißt, ich kenne ihn von klein auf. Und ich habe frühzeitig Gelegenheit gehabt, seinen Charakter zu studieren ... Genügt es dir nicht, dass er Geschäftsteilhaber ist? Wozu braucht er noch freie Wohnung? Das ist Diebstahl an deinem Sohn, meine Liebe. Der kleine Walter stiehlt in der eigenen Familie.«

Seit dreißig Jahren nannte sie Marie-Louises Bruder den kleinen Walter und sah mit Verachtung darüber hinweg, dass der Kleine inzwischen gewachsen war und alle Familienmitglieder an Gestalt überragte. Er war ein harmloser Mensch, der ihr wie einem verzauberten, nicht näher bekannten Tier aus dem Wege ging. Freilich, als Schüler hatte er in Ausführung einer kindlichen Wette einen in Zeitungspapier eingewickelten Rossapfel in den Erker geworfen. Der Krieg, den sie seitdem mit wechselndem Glück gegen ihn führte, ging nun schon ins dreißigste Jahr.

Grand'maman nahm im Erker Platz, wo der Kaffee sie erwartete. Die ›Kinder‹, Edouard und Marie-Louise, saßen an einem kleinen Tisch unterhalb des Podiums, und Grand'maman bekam die erste Tasse gereicht.

Dann setzte sie die Lesebrille auf und entfaltete den *Temps*.[2]

»Ihr erlaubt doch, meine Lieben? ...«

»Hör mal, Grand'maman«, sagte Marie-Louise übertrieben eifrig. »Was ich dich schon immer fragen wollte: Ist nicht der *Temps* ein Ketzerblatt – von Ketzern für Ketzer geschrieben – geradezu kirchenfeindlich?«

Die Alte, die in der scheinbar harmlosen Frage die ›Waltersche Schlange‹ zischeln hörte, bedachte ihre Schwiegertochter über die Brille hinweg mit einem zurechtweisenden Blick.

»Ach was! Ich kann die Pfaffen ohnedies nicht aussteht«

»Seit wann denn, Grand'maman?«

»Nun, wenn du es unbedingt wissen willst, mein Kind: seitdem ich den Dorftrottel von einem Pfarrer bei unsern Verwandten kennengelernt habe ... Die meisten dieser Leute sind lau wie Spülwasser. Ich freue mich, dass jemand da ist, der sie daran erinnert, dass dieses Leben kein Pfarrgarten voll saftiger Birnen und Aprikosen ist. Sie würden sonst einschlafen unter ihren Spalieren.«

Inzwischen zog der Schlaf bereits über sie selbst herein. Die Zeitung zitterte mehrmals in ihren Händen. Grand'mamans Hände waren das Appetitlichste von der Welt, rundlich, gepolstert und blank wie eine Elfenbeinkugel.

»Die guten Leute in Paris«, murmelte sie. »Immer Streit. Gute Menschen sollten sich niemals streiten ... Niemals, Kinder ... Nie ...«

---

2 Eigenname einer großen, bürgerlichen Pariser Abendzeitung, gegründet 1861.

Drei kleine Hunde

Während des Mittagsschläfchens, das ungefähr eine Viertelstunde dauerte, saß das Ehepaar zu Grand'mamans Füßen und rührte sich nicht. Es durfte nicht wahr sein, dass sie schlief. Sie verwarf die ›kannibalische Sitte‹ des Mittagsschlafes und duldete auch in diesem Falle nicht, dass man den lieben Gott beleidige und ihm seinen Tag wegstehle.

»Bei den Negern mag das am Platze sein«, meinte sie und fügte wohl auch den Negern ›gewisse, krankhaft veranlagte Familien‹ hinzu, worunter natürlich die Familie Walter zu verstehen war.

Dementsprechend leugnete sie stets, auch nur eine Minute geschlafen zu haben – sie ruhte nur ein wenig über dem Zeitungslesen aus, das war alles.

Gewöhnlich wurde sie davon wach, dass die Lesebrille über die Nasenspitze hinausrutschte, worauf sie unter dem Ruf: »Nun wäre ich doch beinahe eingeschlafen!« die Brille im Fluge erwischte und zu ihrer Zeitung zurückkehrte. Manchmal, wenn sie angenehm geträumt hatte, sagte sie auch: »Da seht ihr's, Kinder! Es steckt in jedem von uns ein kleiner Neger – oder sonst so was. Nie kann die Tugend die Waffen ablegen. Es hätte mich, weiß Gott, um ein Haar überwältigt.«

Bis dahin mussten die beiden andern stillhalten, um sich keines Eingriffs in den verleugneten Schlaf schuldig zu machen. Was wäre geschehn, wenn Grand'maman, durch einen ungewöhnlichen, vielleicht gar von der Schwiegertochter herrührenden Laut vorzeitig aufgeschreckt, in die Notwendigkeit versetzt worden wäre, die von ihr eingesetzte Todsünde am eigenen Leibe gleichsam mit Händen zu greifen?

Als das Haupt mit der Spitzenhaube, wie von einer höheren Macht vernebelt, langsam abwärtsschwankte, dann, nach kurzen, krampfhaften Zuckungen, die die Versuche Grand'mamans, sich gegen die Natur aufzulehnen, in kläglicher Weise deutlich machten, auch das Händepaar mit dem *Temps* absank, winkte Marie-Louise ihrem Gatten über den Tisch hinweg zu und begann mit ihren roten, etwas zu kurzen Lippen lautlos auf ihn einzureden.

Die Regel war das nicht, es geschah nur bei besonderen Anlässen, um eine durch das eheliche Zusammenleben gefährdete Überlieferung nicht in Vergessenheit geraten zu lassen. Wäre Edouard taubstumm geboren, er hätte die Lippensprache seiner Frau nicht besser verstanden. Er wusste ihr auch geläufig zu erwidern, und im Grunde zog er diese Verständigung jeder andern vor. War nicht die gesprochene Rede mit spitzen Worten gespickt wie der Igel mit Stacheln? In den Jahren ihrer heimlichen Verlobung, als sie dauernd im Kampf mit der Großmutter und ihren Spionen lagen, hatten sie beide ihre Taubstummensprache ausgebildet bis zur Vollkommenheit. Da die Alte ihre Beziehungen vom ersten Tag an mit dem Interdikt belegte, konnten sie sich fast nur in der Familie und in Gesellschaft sehen, und so lernten sie, sich mit der Kühnheit von Maskierten gefährliche Geschichten zu erzählen, sich in der Luft zu küssen und zu umarmen, ehe sie noch ein Geständnis oder auch nur einen verschwiegenen Händedruck ausgetauscht hatten. Die Augen lieferten den Rohstoff der Sprache, die Lippen formten lautlos die Sätze. »Wir sind als Luftgeister in die Ehe geschlichen«, pflegte Marie-Louise später zu sagen. »Wir spazierten durch geschlossene Türen und Mauern.«

Sogar durch Grand'maman! Es geschah so leise, dass diese sich nicht einmal auf ihr schwaches Herz berufen konnte, womit sie sonst Rebellen im Zaum hielt. Da thronte sie auf dem Podium im Erker, zu ihren Füßen die Familie oder ein Kreis von Bekannten. Edouard und Marie-Louise saßen auf den äußersten Flügeln. Sie fühlten die Aufsicht nicht nur der Großmutter, sondern einer ganzen, in deren Dienst und Gehorsam stehenden Feme – es war ein aufregender, zuweilen etwas quälender Kitzel. Und immer sah nur Edouard allein Marie-Louise an oder Marie-Louise Edouard, niemals begegneten sich ihre Blicke. Sie schienen es gar nicht zu bemerken, wenn einer den andern ansah. Er und sie folgten der Erzählung eines Gastes mit solcher Spannung, dass die Lippen sich wie unwillkürlich mitbewegten. Was war dagegen zu sagen? Die Alte nahm den Anschlag auf die Moral, als welcher der ausdauernde Blick des einen zu gelten hatte, zur Kenntnis, zugleich notgedrungen auch das Alibi des andern, und obwohl sie weit davon entfernt war zu erraten, dass jene Lippen eigenwillige Worte formten, die ihren Bestimmungsort mühelos erreichten, wurde sie von

Unruhe ergriffen. Es kam ihr unnatürlich vor, wie die beiden einander verleugneten. Auch entsann sie sich nicht, die Gewohnheit des leisen Mitsprechens früher an ihnen wahrgenommen zu haben – sie waren eher aufmerksame Kinder gewesen. Die Alte spürte etwas wie das Walten unbotmäßiger Gewalten in ihrem Bereich, und zornig löste sie die Schleifen der schwarzen Spitzenhaube unter dem Kinn, um sie im gleichen Handgriff wieder zu binden. Das wohlbekannte Zeichen des Unwillens hatte nach einer Funkpause, die von den Liebenden als Anstandspause gedacht war, das Misstrauen der Alten jedoch nur bekräftigte, einen Wechsel der Sende- und Empfangsstation zur Folge. Hatte bisher Edouard, scheinbar zerstreut oder stumpfsinnig, auf Marie-Louises bebende Lippen geschaut, so war es jetzt an Marie-Louise, in die reine Anschauung Edouards zu verfallen, dessen Mund seinerseits lautlose Worte zu formen begann.

Vorsichtshalber wurde nicht mehr fortlaufend, sondern mit Unterbrechung gesendet, nötigenfalls auch Sendung und Empfang häufiger gewechselt. Später fiel es ihnen leicht, die Funksprache im Fluge aufzufangen, ohne längere Zeit mit dem Blick auf dem andern verweilt zu haben. Das Sicherste war, wenn der sendende Teil einfach die Großmutter anstaunte. Sie bildete ohnehin den Mittelpunkt der Aufmerksamkeit. Sofern dann dem Auf- und Zubinden der Haubenschleifen ein von Misstrauen schepperndes »Was guckst du mich denn so an?« folgte oder, im Wiederholungsfall: »Das Kind guckt mich an, als ob es mich vor Liebe fressen wollte!« – mussten da nicht selbst die untertänigsten Diener der Feme still für sich zugeben, dass die vornehme, alte Dame ihres Amtes als Großinquisitor etwas allzu hartmäulig walte!

Ewig konnte freilich der Buschkrieg nicht dauern. Früh oder spät mussten sie sich Grand'maman in offenem Felde stellen. Eines Tages nahmen sie ihren Mut zusammen und öffneten zu ungewohnter Stunde die Tür des Erkerzimmers, darauf gefasst, allein schon durch das Ungewöhnliche des Vorganges die ironisch gedämpften Posaunen des Jüngsten Gerichts zu entfesseln.

Es war die knabenhaft schmächtige Marie-Louise, die den stämmigen Edouard führte.

Als sie eintraten, sprang die Alte in ihrem Glaskäfig auf, schüttelte mit dem Kopf, schüttelte ingrimmig, bis das Eislicht ihres Lächelns ausgebreitet auf dem Antlitz lag. Dann setzte sie sich und sagte: »Ich weiß ... Dankeschön ... Ihr könnt gehen. Ich lasse mir niemand über den Kopf wachsen.«

Marie-Louise hüpfte einen Schritt auf Grand'maman zu und hob in flehender Gebärde die Arme: »Oh, Grand'maman ... Bitte!«

Sie glich einem Schulmädchen, das die Lehrerin um Gnade für ein Vergehen anfleht, dessentwegen sie rechtens von der Schule gejagt werden sollte. Das üppige, zu Ohrenschnecken zusammengerollte Haar lockerte sich, und dies erweckte den Eindruck, als ob sie misshandelt worden wäre – eine ebenso feurige wie erbarmungswürdige Erscheinung. Gleich darauf schämte sie sich ihres leidenschaftlichen Ausbruchs und errötete.

»Es ist gut, mein Kind«, sagte Grand'maman. »Tut, was ihr nicht lassen könnt. Ich will kein Hindernis sein für euer Glück. Ich nicht. Gott bewahre!«

Am nächsten Tag verlegte sie ihren Wohnsitz zu Verwandten auf dem Land und kehrte erst nach einem Jahr zurück, als ihr die bevorstehende Geburt Roberts gemeldet wurde.

Sie hasste das Landleben. Der Umgang mit dem Dorfpfarrer ersetzte ihr nicht den Blick auf die große Welt, wie ihn die Fenster eines Erkers am Schiffleutstaden gewährten. Der Mann Gottes sah auch viel zu wohlgenährt aus. Der *Temps* traf einen ganzen Tag später ein als in der Stadt. Die Gläubigkeit der Verwandten war von einfältiger, schlafsüchtiger Art. Sie wussten nichts vom Schwert der Erzengel. Was bei ihnen Zufriedenheit hieß, nannte sie mit Betonung: Selbstzufriedenheit, und schon war, wie bei einem Kartenkunststück, aus einer Tugend eine Sünde gemacht. Den Pfarrer, der von Seelenfrieden sprach, wies sie darauf hin, dass dies der Tümpel sei, worin der Teufel die fettesten Frösche fange. Kurz, sie langweilte sich. Gab es eine bessere Gelegenheit, den früheren Zustand wiederherzustellen, das Regiment im Haus und über die weitere Familie wieder an sich zu nehmen, als das Kindbett der Schwiegertochter?

Sie tat es mit fester Hand und ohne viel Mühe, da inzwischen ihrer Klage gegen *Schmittlin & Walter, Baugeschäft* auf Auszahlung ihres sehr beträchtlichen Geschäftsanteils in allen Instanzen stattgegeben worden war und die flüssigen Mittel der Firma zur Befriedigung ihres Anspruchs nicht ausgereicht hätten.

Das Ehepaar bemühte sich, wenigstens einen Schimmer vom reinen Gold des ersten, allein verbrachten Ehejahres festzuhalten und gemeinsam die verlorene Freiheit auf Schleichwegen wiederzufinden.

Nach Roberts Geburt schien Grand'maman Marie-Louise Generalablass erteilt zu haben. Als junge Mutter erinnerte die Kleine nun erst recht an ein Schulmädchen. Ein wenig blass unter der wie aufgemalten Frische ihres Gesichtes, ging sie mit dem Säugling um wie mit einer zu großen Puppe.

»Du siehst verboten aus – rührend schön, aber verboten«, meinte Grand'maman. »Du bist einfach zu jung für eine Mutter. Das Kind sieht bald erwachsener aus als du, meine arme Marie-Louise.«

Grand'maman bemitleidete sie, nicht ohne Misstrauen, denn in den braunen Augen, die gewöhnlich so erstaunt guckten, konnte unvermutet mit Funken und Glanzlichtern ein karnevalistisches Treiben losgehen, das sich entweder überhaupt nicht um die Mitwelt, also auch nicht um Grand'maman, kümmerte oder aber diese zur Hauptfigur und Zielscheibe des Trubels machte. Zwar trat der Unfug niemals in greifbare Erscheinung, aber es genügte, um Grand'maman vor den Anzeichen einer inneren Überlegenheit der Schwiegertochter erschauern zu lassen, und bestärkte sie in der Meinung, die ›Waltersche Unschuld‹ habe es ›sündhaft dick hinter den Ohren‹. Mit der Zeit, dachte sie, werde sich schon zeigen, wieweit gegen die Überheblichkeit deutlicher vorgegangen werden müsse. Grand'maman richtete den Blick ihrer wasserblauen, erfrischend klaren Augen auf Marie-Louise und lächelte.

Vorläufig begnügte sie sich damit, die Verfolgung des ›Rossapfeljungen‹, des kleinen Walter, wieder aufzunehmen. Sie beschuldigte ihn neuerdings, Marie-Louise aus dem einzigen Grund in die Familie Schmittlin eingeschmuggelt zu haben, um sich selbst seine Stellung in der Firma zu ergattern. Er war mit einer Person verheiratet, die ›nie jemand zu Gesicht bekommen hatte, fragt nur nicht, warum‹, obwohl sie und ihr Mann im Zwischengebäude des Schmittlinschen Anwesens über den Geschäftsräumen wohnten. Sie war natürlich mager und chic, sofern eine Ziege chic sein konnte. Sie ließ ihre Kleider, schlechterdings unzüchtige Gegenstände, aus Paris kommen, und das Geschäft bezahlte sie. Kinder gab es natürlich nicht. Leider zwang die Tatsache, dass der Mensch überall beliebt war, die Großmacht in schwarzer Spitzenhaube immer wieder, umständliche Vorbereitungen zu seiner Niederwerfung zu treffen.

Die Walter (ohne h) stammten aus guter, aber Grand'mamans Meinung nach etwas geistesschwacher Familie.

So standen die Dinge an dem Tage, als die ehrwürdige alte Dame ihren Mittagsschlaf zum letzten Mal vor Zeugen hielt, die ihren Augen nicht trauen durften, und Marie-Louise, statt wie sonst stumpfsinnig dazusitzen und zu warten, bis die erwachte Alte sie gnädig entließ, zum ersten Mal nach langer Zeit sich unterfing, ihren Gatten mit der Zauberkraft roter, etwas zu kurz geschwungener Lippen zu betören. Das lautlose Gespräch ging um so leichter vonstatten, als sie ihm pantomimisch nachhelfen konnte. Manchmal fiel ein Stichwort, wenn etwa der Gegenstand des Gesprächs wechselte oder wenn Edouard kneifen wollte und sich versuchsweise stellte, als verstünde er nicht. Im Eifer konnte sie sogar in ein zusammenhängendes Flüstern verfallen – es war so lange ungefährlich, als das Geräusch sich harmonisch in das Summen der Fliegen einfügte.

Ich hab dich lieb, sagte Marie-Louise, jawohl, ich hab dich lieb ... Wie gern würde ich an deiner Brust schlafen und zwischendurch ein bisschen wach werden, um mich zu vergewissern, ob du noch da bist! Erinnerst du dich an die Zeit, als wir noch allein im Hause waren? ... Unglaublich, was wir uns da alles unbestraft erlauben durften! ... Ich brauche nur um mich zu blicken, in Gedanken durch die Zimmer zu gehen – und komme nicht heraus aus dem Erröten. ... Was für ein unternehmungslustiger Bursche du warst! ... Ich staune heute noch, wenn ich an deine Kühnheit denke ... Und ich bin dir kein einziges Mal davongelaufen, damals. Das fing erst an, als sie wieder da war ... Ach ja! Es ist eine Schande für die ganze Familie. Aber damals ... Erinnerst du dich? Alles gelang dir. Wie sagte dein Cäsar? »Cäsar«, flüsterte sie »Cäsar! *Veni, vidi, vici!*«[3] Es ist mein einziges Latein. Jawohl, so warst du – sollte man es für möglich halten! Auch im Geschäft. Ob es das Büro war oder der Bauplatz – wenn du kamst, wurden sie alle vergnügt. Siegesgewiss. Der große Cäsar ließ bei jedem Schritt einen kleinen Cäsar hinter sich zurück, und als ich einmal heimlich nach dir sehen ging, marschiertest du herum wie eine Henne vor ihren Küken. Wo du auf dem Gerüst auftauchtest, malte die Sonne dir das Zeichen des Genies ins Gesicht ...

---

[3] Latein. – Ich kam, sah und siegte.

Hier öffnete Edouard den Mund zu einem »Was?«

»Genie«, wiederholte Marie-Louise, »Genie.«

Er begriff erst, als sie es halblaut aussprach (das Wort stand nicht in ihrem Lexikon), und lächelte bescheiden.

»Ja, und jetzt«, fuhr sie fort – »seit wann hast du nicht mehr von Cäsar gesprochen? Was ist aus den drei haushohen V geworden?« ... Marie-Louise hauchte sie mit gewaltiger Steigerung in die Luft: »*Veni, Vidi, Vici!!!* Ja, schau nur! Dort im Erker, da sitzen sie, drei Hündlein unterm Rock einer alten Frau ... Ach, lass mich weinen über meine Helden! Und über mich arme, verlassene Marie-Louise! ... Soll das – bitte, soll das nun immer so bleiben?«

Edouard verneinte mutig mit Haupt und Armen.

»Wirklich nicht? Deine Mutter, weißt du, ist eine furchtbar kriegerische Frau – eine Sansculottin in ihrer Art ... Eine Sansculottin!« Wieder begriff er nicht. Marie-Louise zog den Rock hoch, zeigte den Spitzenrand einer Hose und schnippte sie gleichsam mit den Fingern weg, »ohne Hose, *Sansculotte!* Verstanden?«

Sein Gesicht war plötzlich entwölkt, und er bekam so leuchtende Augen, dass sie den Anschauungsunterricht überhastet abbrach.

»Großmutter muss den Kopf des kleinen Walter rollen sehen«, erklärte sie, und guillotinierte mit einem Handstreich den kleinen Walter. »Sie muss den Kopf auf die Pike nehmen« – Marie-Louise hielt den Zeigefinger hoch, schüttelte wie Grand'maman und lächelte plötzlich eiskalt – ... Edouard lief ein Schauer über den Rücken.

»Grand'maman meint, mein Brüderchen habe heute im Hof unserm Robby aufgelauert mit dem Vorsatz, den Däumling zu einem schlechten Lebenswandel zu verführen.« ... Marie-Louise goss pantomimisch Wein in ihre Gurgel, umarmte die Luft und schaukelte auf Flügeln in die Welt hinaus ... »Der Arme! Er wird sich hüten! Er wagt überhaupt nur noch zu leben, weil seine Wohnung kein Fenster auf unsern Hof hinaus hat, und verlässt das Haus erhobenen Hauptes nur, wenn er weiß, dass die Königinmutter schläft ... Ich würde mich nicht wundern, wenn er eines Tages statt eines Rossapfels eine Bombe in den Erker schleuderte ... Und nun, Edouard, komm! Wir müssen das Unrecht wiedergutmachen. Dein Sohn hat nicht gelogen. Komm, mein Lieber, komm! ...«

Die beiden schlichen auf den Fußspitzen zur Tür von Robbys Zimmer und öffneten leise. Das Kind, das die Tür heimlich aufgehen sah, machte sich auf das Erscheinen der Mutter gefasst. Als der Vater eintrat, war es überwältigt.

Während die Mutter hinter sich die Türe schloss, stand es sprachlos, dann stürzte es mit dem Ruf »Papa« in die Arme des Vaters, in dessen entwölktem Gesicht große, dunkelblaue Augen strahlten.

»Armer Robby«, sagte Schmittlin. »Haben wir dir unrecht getan? Hast du nicht gelogen?«

»Nein«, jubelte das Kind.

»Leise! Leise, mein guter Junge! Grand'maman schläft.«

Aber Robert lachte wie von Sinnen und hörte auf wiederholtes Bitten des Vaters mit dem Lachen nur auf, um in den gebieterischen Ruf auszubrechen: »Ich will meinen neuen Onkel sehen!«

»Still«, flehte Vater Schmittlin leise. »Um Gottes willen, Robby, sei still. Hör mal!«

Mit einem Ruck setzte er den Jungen ab.

Robby drückte sich ängstlich an die Hüfte des Vaters, und sie horchten zur Tür hin.

Im Nebenzimmer ging etwas vor sich. Marie-Louise trippelte auf den Fußspitzen zur Tür, um zu lauschen.

Nicht das geringste Geräusch war zu hören, und doch standen sie alle drei in Furcht erstarrt.

Auf einmal wurde laut und deutlich ein Schlüssel gedreht. Hinter der Tür sagte die Stimme der Großmutter: »In Zukunft trinkt ihr euern Kaffee, wo ihr ungestört schreien könnt. Am besten beim neuen Onkel. Ich lasse mir niemand über den Kopf wachsen.«

Sie lauschten noch eine Weile, vernahmen nichts mehr. »Auch das noch!«, stöhnte Edouard.

In einer Aufwallung von Mitleid bedeckte Robby die Hand des Vaters mit Küssen, Marie-Louise aber wollte nicht dulden, dass die strahlend blauen, die guten, die wärmenden Augen so bald erloschen. Sie griff mit den Fingern nach den Lippen, die bereits wieder traurig herabhingen, sie hielt sie fest und sagte: »Du, Liebling! Jetzt springen *Veni, Vidi, Vici* alle drei frei im Zimmer herum. Pfeif ihnen mal! Auf jeden von uns kommt einer ... Damit schaffen wir's ... Edouard! Was machst du denn für ein Gesicht! ... Es ist doch niemand gestorben! Pfeif mal dem Trio! Versuch's ... Bitte!«

Edouard blickte auf die Tür.

»Nein«, lächelte er mühsam. »Weiß Gott, nein! Es ist niemand gestorben ...«

Er presste den Mund zusammen, der Kopf lief rot an, mit zwei Schritten war er bei der Tür. Er rüttelte, schlug einmal auch mit der Faust dagegen und blickte entschlossen zur andern Tür. Diese führte durch das elterliche Schlafzimmer in den Flur, von wo er sowohl das Erkerzimmer wie das Zimmer der Großmutter erreichen konnte – in einem von beiden musste sie zu finden sein.

»Ich kann meine Frau nicht so behandeln lassen«, äußerte er mit bebenden Lippen. »Von mir rede ich nicht. Mich hat sie schon als Kind kaputtgemacht ... Was sind das für Manieren – bei einer vornehmen, alten Dame! ... Das geht nicht! ... Das muss ein für alle Mal aufhören. Ich bin imstand und –«

Er hob die Hand, als packte er jemand am Kragen, und ging auf die andre Tür los.

Reglos blickten Frau und Kind hinter ihm her. Allem Anschein nach sollten heute entscheidende und furchtbare Taten geschehn. Robert strotzte vor grausamer Neugier, er guckte aus Leibeskräften, und Marie-Louise, mit fahlem, wie windverwehtem Gesicht, biss blind auf ihre Lippen. Sie glaubten immer noch an den schwer vorstellbaren Schicksalsschlag, der sie befreien sollte, als Schmittlin dicht vor der Tür haltmachte und sie die Muße fanden, seinen Rücken auszumustern. Gerade dieser Rücken war es, der ihre Hoffnung am Leben erhielt, so überzeugend schien der gesammelte, ja gewalttätige Willen, den er ausdrückte.

Endlich kam Marie-Louise ihrem Gatten zu Hilfe.

»Bleib nur, Edouard«, sagte sie. »Es hat keinen Sinn.«

Aber als er sich umdrehte, senkte sie schamvoll die Augen.

»Sie kann von Glück reden, dass die Tür vorhin zu war«, versicherte er – und bedeutend leiser: »Ich kann doch nicht meine eigene Mutter aus dem Hause werfen!«

»Gewiss nicht«, stimmte Marie-Louise bei. »Die Mutter – bleibt die Mutter.«

Und jetzt sah auch der Junge zu Boden und hielt den Blick gesenkt, bis die Tür sich hinter dem Vater geschlossen hatte.

Allein gelassen, betrachteten sie einander ernst und schweigend. Robert kaute die Fingernägel, Marie-Louise, was Grand'maman nicht minder verabscheute, die roten, kurz geschwungenen Lippen.

»Fest, mein Kind!«, sagte Marie-Louise. »Kau, was du kannst!« Nach einer weiteren Pause verkündete sie: »Jetzt sitzen *Veni, Vidi, Vici* wieder unter ihrem Rock!«

»Wer?«, fragte der Junge.

Da erfuhr er nun, dass früher einmal, als das Schmittlinsche Anwesen noch von einem Kaiser namens Cäsar bewohnt war, drei prächtige Leoparden darin frei herumliefen, die im Allgemeinen artig, aber sehr stolz waren. Der Kaiser liebte sie mehr als die Menschen, denn keiner seiner Untertanen war so schön und so edel wie sie. Damit erregte er jedoch die Eifersucht einer Hexe, und durch deren Zauberei schrumpften die Tiere allmählich zu winzigen Hündchen zusammen. Der Kaiser liebte sie noch immer. Da begann die Hexe, sie unter ihrem Rock zu verstecken. »Und dort sitzen sie noch.«

»Und der Kaiser?«, fragte Robert. »Was sagte der Kaiser dazu? Und was war das für eine Hexe?«

»Das möchte ich auch wissen«, meinte sie zerstreut.

Der Junge riss die Augen auf: »Das weißt du nicht, Mutter?«

Marie-Louise schämte sich und brachte, so gut es in der Eile ging, das angesponnene Märchen zu Ende.

Die Hexe also – die Hexe war die Schlüsselbewahrerin des Reiches, eine uralte Person, die der Kaiser von seinem Vorgänger geerbt hatte. Sie versteckte die Hündchen unter ihrem Rock, aber es half ihr nicht viel, denn sobald der Kaiser ins Zimmer trat, wimmerten die Tierchen, und dann befreite er sie aus ihrem muffigen Gefängnis ...

»Und was sagte er?«, wollte Robert wissen.

Marie-Louise dachte nach.

»›Eine Schande!‹ sagte der Kaiser. ›Eine Schande für die ganze Familie.‹«

»Und dann?«

»Und dann?«

Eines Nachts tötete die Hexe eines der Hündchen und setzte es zum Geburtstag des Kaisers den andern als Festessen vor. Die aber rochen den Braten und fuhren der Alten an die Beine. Sie schrie auf und wollte das Zauberwort sagen, das kleine Hunde in Fliegen verwandelt. In ihrem Schrecken versprach sie sich und rief ein Wort, das den Hündchen ihre frühere Gestalt wiedergab, und die Alte wurde aufgefressen bis auf ein paar besonders harte Knochen, die der Kaiser vom Erker aus ins Wasser warf ...

»Über die Waschpritschen hinweg?«

»Über die Waschpritschen hinweg!«

Wie das Wort lautete, das die Gerechtigkeit wiederherstellte, konnte die Mutter nicht sagen. Sie wusste nur, dass es lateinisch war – weshalb zu erwarten stand, dass Robert ihm später auf der Schule begegnen werde.

»Gut«, meinte Robert, »dann erfährst du's durch mich.«

Eine denkwürdige Ohrfeige

Lisa gab ihm die Ohrfeige am Pfingstsonntag, gleich nach dem Hochamt.

Es war ein schöner Tag. Die Schwalben flogen hoch, dass es aussah, als tanzten Mücken um die Kreuzblume des Münsters.

Die Ohrfeige blieb denkwürdig, nicht nur, weil sie, wie er annahm, im Hauptbuch, das die Schutzengel über Gewinn und Verlust der ihnen anvertrauten Seelen führen, auf der guten Seite vermerkt stand. Mit goldenen Lettern leuchtete dort bereits Grand'mamans Versündigung. Aber zwischen dem Tag, an dem durch ihren Fehltritt die Ungerechtigkeit in die Welt gekommen war, und dem Vorfall, der Roberts Erfahrung zur Reife bringen sollte, lag eine mehrjährige Inkubationszeit, während deren selbst Ereignisse wie die erste Kommunion nur in einer Art von Dämmerzustand wahrgenommen wurden.

Für die Zwischenzeit, die so viel im Traum und Dunkel der Kindheit versinken ließ, erhielt die Ohrfeige die Bedeutung eines Leuchtfeuers. Sie erhellte, wenigstens in einem gewissen Umkreis, blitzartig die Finsternis. Wenn Robert sich ein ihm ahnungsweise vorschwebendes Ereignis aus jener Zeit vergegenwärtigen wollte, brauchte er nur vom feurigen Schein der Maulschelle auszugehen, und das Gesuchte tauchte ans Licht. Er sah sich dann an der Ecke des Münsterplatzes stehen, ein hübscher, kleiner, rundlicher Junge in einem roten Trikotanzug, um sich herum eine Schar weiß gekleideter Mädchen, die ihn um Haupteslänge überragten, und sie alle wiederum ungeheuer beherrscht vom rosig blühenden Münster.

Als Lisas Mutter kurz nach dem Vorfall hinzutrat, sagte sie lachend zu den Kindern, von Weitem sähen sie aus wie ein Busch weißer Pfingstrosen – mit einer einzelnen roten als Herz in der Mitte.

»Ja, und du bist auch ein Herz!«, hörte er Eva flüstern, und ihm schien, als berühre ein nasser Mund flüchtig die noch von Lisas Ohrfeige brennende Wange.

Wenn die Mutter (ach, sie war wieder fort) plötzlich als junges Mädchen dagestanden und die holden Worte geraunt hätte, es wäre nicht wunderbarer gewesen! Alles ringsum begann ihn anzusehen und zu duften, nicht nur die Mädchen, die einen Geruch von Seife, gestärkter Wäsche und Weihrauch verströmten, auch die Hauswände, die unter der dem Mittag zu steigenden Sonne ihre Nachtkühle verloren, auch der von den Bäumen des südlichen Platzes herwehende Wind ... Er selbst sah die Mädchen durch einen Schleier, hinter dem es von hellen und dunklen Augensternen wimmelte, hingegen erkannte er sehr deutlich die Pflastersteine – sie waren glatt und warm wie Haut und geschwellt, und dies alles berührte ihn mit lichten Händen.

Eine Weile war sein Herz wie tot. Dann ergoss sich ein süßes, fremdes Blut in seine Adern, und das Herz begann ohne sein Mittun zu stammeln.

Aber es war Lisa, die er liebte, Lisa und ihre Krassheit – nicht Evas duftigen Zauber.

Nach dem Hochamt pflegte Schmittlin seinen Sohn durch die Stadt spazieren zu führen.

Scheinbar kümmerten sie sich nicht umeinander. Der Vater ging mit den Erwachsenen, Verwandten und Bekannten, der Sohn mit den Kindern – große Sippe, kleine Sippe, eine jede, wie Götter reisen, in der eigenen, sonntäglichen Wolke. Das war ein Kunstgriff des Alten, um Robert die Dressur nicht merken zu lassen.

Schmittlin und seine Mitbürger waren leidenschaftliche Spaziergänger, solange sie das Pflaster ihrer Stadt unter den Füßen spüren. Heute noch, da sie fast ausnahmslos ein Auto besitzen, sieht man sie mit lustvollem Behagen, darin eine Messerspitze Ironie obenauf schwimmt, ohne ein anderes Ziel als ihr Vergnügen, im langsamen Schritt durch die Straßen und Gässchen marschieren. Dass sie sich nebenbei über die wichtigeren Ereignisse der Stadt- und Weltgeschichte aussprechen, versteht sich von selbst, und wer an dem Verkehr der hervorragenden, für die Stimmung von Gemeinde und Land maßgebenden Spaziergänger nicht teilhat, wird nie begreifen, was in den ebenso besinnlichen wie unruhigen Geistern vorgeht, die diesen Kreuzpunkt und Marktplatz der Völkerstraßen beleben.

Robert verstand nicht viel davon. Was er von den Gesprächen der Erwachsenen hörte, bestärkte ihn allerdings in dem Glauben, dass sie nur scheinbar hochmögende Riesen seien. Sie zeigten sich dauernd in Kämpfen verstrickt, einer focht gegen den andern und alle zusammen gegen eine Gewalt, die niemals klar beim Namen genannt wurde, gegen die sie jedoch anscheinend machtlos waren, und in ihrem zur Schau getragenen Selbstbewusstsein witterte er die gleiche Angst, wie er sie selbst vor ihnen empfand. Er merkte, dass auch sie in der Hauptsache darauf angewiesen waren, sich mit denselben Mitteln zu schützen, deren die Kinder sich bedienten: Verschlossenheit und List.

Nun gehörten die Schmittlins eigentlich zur Magdalenenpfarrei. Aber da die übrige Familie und die meisten Bekannten der Münsterpfarrei unterstanden, bevorzugten sie aus geselligen Gründen die Hauptkirche. Die Ruhepunkte der bürgerlichen Schwatzprozession, die im Anschluss an das Hochamt stattfand, waren zahlreich. Den ersten Aufenthalt gab es bereits beim Weihwasserbecken im Münster.

Vater Schmittlin ließ es sich nicht nehmen, seiner Schwägerin Hedwig, der Frau des Arztes Dr. Walter, förmlich das Wasser zu reichen, und die sehr stattliche Frau, eine ›Rubens-Schönheit‹, wie man in der Familie sagte, dankte mit einem Lispeln, das noch halb dem Himmel galt, und einem ebenfalls noch nicht ganz in die Welt zurückgefundenen Lächeln.

Für gewöhnlich erinnerte sie mehr an einen fröhlich lärmenden Streitwagen, der an der Spitze der Familie fuhr und ihr den Weg ins Leben bahnte.

Hinter ihr tauchte eine kleine, von Seide raschelnde Person auf, die, mit der Flinkheit eines Wiesels vor Schmittlin angelangt, schnuppernd haltmachte. Plötzlich hob sie die Augenbrauen wie einen Rollladen, der dem Betrachter die Köstlichkeiten des Schaufensters preisgibt. Auch ihr war Edouard gefällig, ohne freilich der Auslage einen Blick zu schenken. Um so aufmerksamer beobachteten sie die Kinder. Tante Bertha war die mühsam alternde Frau des Kolonialwarenhändlers. Sie hieß *Marraine*, weil sie sich für die eigene Kinderlosigkeit durch zahllose Patenschaften schadlos hielt, und galt für Großmutters beste Spionin.

Sie berührte den dargebotenen Finger und hielt die Augen weit geöffnet auf Edouard gerichtet. Dann sauste zu Roberts Vergnügen der Rollladen gleichsam mit Kraft herunter. Jeden Sonntag erwartete er mit Spannung, wie ›Tante Bertha den Rollladen hochzog und zu herabgesetzten Preisen verkaufte‹. Er versuchte den Rollladen nachzumachen, wie er hinauf- und hinabging. Leider wurde er durch die Gatten der beiden Damen gestört, die ihn zur Seite schoben. Dafür schossen vier hell gekleidete Mädchen vor, drängten mit ihm als Sturmbock in den Bereich, wo die aus Hoheit und Herablassung gemischte Höflichkeit Vater Schmittlins waltete, und der Sohn übernahm das Amt des Weihwasserspenders. Jedes Mal, wenn eines der Mädchen seinen frisch genässten Finger berührte, knickste es und sah ihm nach dem Vorbild Marraines voll ins Gesicht, dann schlug es langsam die Augen nieder und bekreuzigte sich. Im Nu waren die Kinder im Freien.

Während die Eltern, in standesgemäßem Abstand von der sich zerstreuenden Menge, auf dem Platze verweilten und nur schrittweise der allgemeinen Bewegung folgten, liefen sie gleich bis zur Apotheke an der Ecke der Krämergasse, und dort begann das Spiel. Es bestand aus zwei sehr verschiedenen Teilen. Der erste missfiel Robert aufs Tiefste – leider ließ er sich nicht überspringen, weil der Genuss des zweiten Teiles über das Erdulden des ersten ging wie der Nachtisch über den Spinat.

Es begann damit, dass Lisa ihm die gestrickte Mütze vom Kopfe nahm, unter die er seine braunen Locken versteckte. Sofort fühlte er sich entmannt. Denn dass alle Weiber, mit Ausnahme Grand'mamans, seine ›Lockenpracht‹ bewunderten und ihm verboten, sich dieser Schande zu entledigen, empfand er lediglich als Unterdrückung seiner Männlichkeit. Nachdem er einmal so geschwächt war, fiel es ihm nicht weiter schwer, die vorgeschriebene Begutachtung seines Anzuges durch Eva über sich ergehen zu lassen.

Mit der Zeit hatten sich aus der anfänglichen Anarchie Gebietshoheiten oder Protektorate herausgebildet. Eva Klein, die Tochter des Bürgermeisters, von ihrer Mutter schon im Kinderwagen als Dame hergerichtet und behandelt, hatte sich unter besonderer Berücksichtigung von Rock und Hose über die Eleganz der Gesamterscheinung auszusprechen, Emma Hämmerle, weil bei der Verteilung der auswärtigen Besitzungen nichts andres für sie übrig blieb, über das Schuhwerk. Sie rächte sich, indem sie im Gegensatz zu Eva stets etwas auszusetzen fand.

Aus unbegreiflichen Gründen war auch Lucie Schön, die Tochter eines angesehenen Friseurs (er besaß sowohl die französische wie die deutsche Rettungsmedaille), mit dem ihr unterstehenden Haarschnitt des Jungen stets unzufrieden, ob es sich gleich um eine eigenhändige Schöpfung ihres Vaters handelte. Lucie war ein hartnäckiges Mädchen, je weniger sie mit ihren Ausstellungen durchdrang, um so heftiger bestand sie auf ihrer Wissenschaft. Sie konnte kaum stillhalten, bis sie an die Reihe kam. Robert war noch damit beschäftigt, der zuständigen Behörde die Schuhsohlen vorzuweisen, da stand Lucie schon, mit einem Taschenkamm bewaffnet, neben ihm und bebte vor Ungeduld, ihre empörenden Ketzereien in die Tat umzusetzen. Robert bekam seine schweren Füße, schämte sich in den Boden.

Als letzte Heimsuchung folgte die ärztliche Konsultation durch Lisa. Ihr Haar, das in zwei schweren Zöpfen herabhing, war tiefschwarz, das Licht konnte nicht darin eindringen, es brach sich an der Oberfläche und zerstäubte in Regenbogenfarben. Die schwarzen Augen dagegen atmeten Feuer. Lisa schien überhaupt aus einem feurigen Stoff gemacht, und Lucie Schön behauptete, wenn Robert vor Lisa stehe, schmelze er wie Butter an der Sonne, »er und alles andre Getier«.

Lisa trat vor, hob mit zarten Fingern Roberts Lider und hieß ihn nach allen Seiten hin die Augen rollen. Er musste die Zunge herausstrecken, und Lisa kratzte mit dem Nagel des Zeigefingers am angeblichen Belag.

Wäre diesmal alles wie sonst verlaufen, so hätte man sich nach Erledigung des weit geöffneten Rachens zum Hausgang der Apotheke begeben. Robert, auf der Steinschwelle sitzend, hätte ein Bein über das andre geschlagen, Lisa, mit Schlägen der flachen Hand, hätte die ›Reflexe geprüft‹, worauf man in den zweiten Teil des Programms eingetreten wäre: die ›Türkei‹.

Die Mädchen hätten sich wieder an der Ecke aufgestellt, um zu sehen, wie Robert nach einer Pause mit vorgestrecktem Bauch und schwerfälligen Bewegungen aus dem Hausgang treten und sich als kauflustiger Pascha auf den Sklavenmarkt begeben würde. Zwar kaufte er nach langem Parlieren und Feilschen doch immer nur die Lisa, aber trotz dieser Erfahrung wäre die Spannung der übrigen zum Kauf gestellten Sklavinnen nicht geringer gewesen. Da sie insgesamt geraubte Prinzessinnen waren, stand es ihnen frei, die wunderbarsten Geschichten zu erzählen, und damit, dass Robert schließlich unweigerlich Lisa wählte, wäre noch lange nicht gesagt gewesen, dass deren Geschichte als die beste, ihre Herkunft als die vornehmste zu gelten habe.

Misslicherweise trat bei der Untersuchung des Rachens ein Unfall ein. Als Robert den Kopf zurückbog, damit Lisa ihm gründlich in den Schlund hinabgucken konnte (die Zunge hielt sie mit einem silbernen Löffelchen fest, das sie zu diesem Zweck in ihrer Tasche mitführte), kitzelten ihn die senkrecht einfallenden Sonnenstrahlen wie mit goldenen Härchen. Zuerst schüttelte er sich über den ganzen Körper und gurgelte schwach. Gleich darauf nieste er Lisa in das fachmännisch gesammelte Antlitz.

Lisa wischte sich hastig die Augen und Mund, und dann geschah es. Eine Hand flatterte in der Luft und fiel klatschend auf seine Backe zurück.

Die Mädchen, die bereits zum Lachen ansetzten, standen gewaltsam stumm gemacht und abgerissen – den Kopf zurückgeworfen, mit offenem Mund.

Der Junge hatte sich erstaunt an die Backe gegriffen und verharrte nun gleichfalls reglos, von der Betrachtung der Handfläche völlig in Anspruch genommen. Wahrscheinlich wunderte er sich, dass kein Blut daran klebte.

Am erschrockensten von allen war Lisa. Ihre Züge leerten sich stoßweise wie eine Schultafel, die abgewischt wird. Als sie das Löffelchen mit ungeschickten Fingern in der Tasche verwahrte, fiel das Gebetbuch, das sie unter der Achsel festhielt, auf den Boden, und aus Furcht, sich eine Blöße zu geben, hob sie es nicht auf, sondern stellte nur rasch den Fuß drauf. Genau betrachtet, erinnerte sie so an das Denkmal einer halb erwachsenen Amazone, die sich zu weit in die Wildnis gewagt hat und plötzlich einem reißenden Tier gegenübersteht – einem mittelgroßen Büffel von einer Art, die mit Vorliebe Gebetbücher frisst.

Tatsächlich sah der breitschultrige Kerl vor ihr gefährlich genug aus. Er hielt den Nacken eingezogen, und sein Gesicht war eine einzige wogende Glut. Man konnte die getroffene Backe nicht mehr von der andern unterscheiden – nur das eine Ohr, das flammte als zusätzliches Fanal. Der Eindruck war bezwingend. Die vier Mädchen kreisten gewissermaßen mit den drohenden Mächten, die sie in Robert arbeiten fühlten.

Er indes hatte alle Mühe, einen hochgestauten Tränenstrom aufzuhalten, der gleichzeitig aus Hals, Nase und Augen brechen wollte. Deshalb betrachtete er auch so angestrengt seine Hand, und der eingezogene Nacken, so unheilschwanger er aussah, spielte lediglich die Rolle eines Staudammes.

Eva fand als Erste die Sprache wieder.

»Was guckst du denn so auf deine Hand?«, fragte sie ärgerlich.

Da holte er tief Atem und sagte, ohne die Augen zu heben: »Was soll ich tun? Ich kann doch nicht ein Mädchen hauen!«

Sofort gerieten die Mädchen außer Lisa in Bewegung.

»Doch«, rief Lucie. »Du kannst sie hauen! Sie ist ja deine Cousine.«

»Hau sie! Selbstverständlich kannst du sie hauen«, hetzten die beiden andern. »Sie hat angefangen. Hau sie!«

Lisa erblasste. Es war die durchscheinende Blässe der Braunhäutigen, besonders erschreckend, weil das Blut selbst unter der dunkel bleibenden Haut zu erbleichen scheint. Sie wurde bleich bis in das Weiß der Augen, das auf einmal viel mehr Raum einnahm und die schwarze Pupille zur Seite drängte. Robert sah dergleichen zum ersten Mal, und er bemerkte auch, dass sie schielte. Eine Zeit lang vergaß er alles andere, beobachtete nur das Schielen der seltsam veränderten Augen. Und dann dämmerte ihm, dass es die Angst war, die sie schielen machte. Lisa hatte Angst! Lisa schielte vor Angst! ›Schlagt ihr sie‹, wollte er den Mädchen zurufen – aber es war zu spät ...

Er hatte nie daran gedacht, dass die Mädchen auch nur um eine Handbreit von ihrer Führerin abfallen könnten. Sie hatten ihr bisher blind gehorcht in einer Verbundenheit, die keiner Worte bedurfte. Sie waren ein lebendiger Teil von ihr gewesen, wie auch er, und in den seltenen Fällen, in denen er sich aus Eifersucht oder Gekränktheit freizumachen suchte, hatte er ihnen wie einer geschlossenen Macht gegenübergestanden – zu der er merkwürdigerweise auch dann noch mit seinem tiefen Gefühl, mit seinem Gewissen gehörte. Und nun war der Block auf einmal auseinandergebrochen. Die Mädchen ließen die Angebetete im Stich. Sie schenkten sie ihm, eine verruchte Sklavin, mit der er umgehen konnte, wie ihm beliebte. Gleichzeitig fühlte er sich frei von ihr und zu jeder Willkür befähigt.

Langsam schloss er die Hand zur Faust. Etwas, was ihm gehörte, war zu ihm zurückgekehrt – sein freier Wille, sein Gewissen ... Er war stärker als Lisa, er spürte es von den Sohlen bis in die Haarwurzeln. Er strotzte vor Gewalt über Lisa, die von der Welt verlassen dastand und schielend ihre Strafe erwartete. Und nun kam es ihm auch vor, als hätten sie alle schon immer auf die Gelegenheit gewartet, Lisa für ihre langjährige Gewaltherrschaft büßen zu lassen ... Kaum aber hatte er die Lage erfasst, als sich in seinem Innern ein großartiger Wandel vollzog.

Eben noch beschämt bis zur Ratlosigkeit und hauptsächlich aus Ratlosigkeit halb entschlossen, Lisa den Fäusten und Nägeln der Freundinnen auszuliefern, fühlte er sich unversehens von einem reinigenden Luftstrom durchdrungen, langsam um sich selbst gedreht und aufgehoben. Er wog nicht schwerer als ein Wölkchen, das einem Gewitter eilig über den Himmel nachläuft, in der Ferne murmelte ein leiser Donner, der nickte freundlich zum Abschied, die Fenster der Häuser leuchteten klar, und die Erde duftete von Milde. Dies geschah in ihm tief innen. Außen war noch immer der gleiche, strahlend blaue Tag, und der hatte nichts gemein mit dem andern. Unverändert zeigte Robert ein böses, erhitztes Gesicht. Er hielt den Kopf geduckt. Die Mädchen zischelten.

»Hau mal, wenn du Courage hast!«, sagte da Lisa, der das Warten zu lang wurde, sie trat dicht an ihn heran.

In seiner Faust lag sein Leben beschlossen und rührte sich mit langen, weichen Schlägen. Mit ihnen ging der Atem auf und ab und pumpte lauter Wonne. Nie hatte er sich so wenig imstand gefühlt, jemand wehzutun einer Katze, einem Hund. Niemand.

In diesem Augenblick, der schon erhaben genug schien und keiner Steigerung fähig, in diesem Augenblick war es, dass Lisas Mutter zu ihnen trat und ausrief: »Kinder, von Weitem seht ihr aus wie ein Busch weißer Pfingstrosen – mit einer einzelnen roten als Herz in der Mitte.« Er vernahm Evas leise Zauberworte: »Ja, und du bist auch ein Herz«, und spürte die feuchte Berührung ihres Mundes auf der Backe.

Es war zu viel.

Er machte kehrt, rief außer sich: »Tante!«, und noch einmal »Tante!« und flog Lisas Mutter an den Hals.

»Jetzt sind die Männer oben«

Der Freudenruf flog als Angstschrei über den Platz, wie denn der einzelne Mensch selten so leidenschaftlich schamlos ist, sich von der Freude öffentlich einen Schrei entlocken zu lassen, den die Angst ihm ohne Weiteres entreißt – weshalb ein vereinzelter Schrei immer erst als Notsignal aufgefasst wird.

Auf dem Platz standen nur noch wenige Gruppen von Erwachsenen. Bei Roberts Ruf verstummten ihre Gespräche, und alle guckten sie mit ihren dicken Köpfen zur Ecke der Krämergasse. Auch die Kinder hatte der Schrei in Alarmzustand versetzt.

»Achtung!«, sagte Eva.

Von einer Gruppe lösten sich zwei Gestalten und marschierten auf die Ecke los.

»Sie kommen«, meldete Lisa.

In der Entfernung sahen die Riesen verhältnismäßig harmlos aus, doch wussten die Kinder sehr wohl, dass die Sonntagsschuhe, die so sauber und gewinnend an der Sonne glänzten, nur ihren Boden, den Boden der Kinder, zu betreten brauchten, um sich in stoßende und trampelnde Klötze zu verwandeln, zumal, wenn ihre Eigentümer unbeobachtet von andern Erwachsenen arbeiten konnten. Jene Freundlichkeit, die der Bürge der Gesittung ist, übten die Großen nur mit ihresgleichen als Zeugen. Zwar, die Kinder hatten es längst heraus, war die Freundlichkeit verlogen, dennoch ließ sich einigermaßen mit ihr rechnen, und insofern genoss sie als gelegentlicher Schutz ihre Achtung. Auf einen Satz gebracht, hieß dies: Zwei und mehr auftretende Riesen sind nur ein halber Riese.

Obwohl demnach die Mädchen mit Genugtuung wahrnahmen, dass da zwei Väter heranmarschierten, trafen sie ohne Zögern die nötigen Vorkehrungen. Hinter den gesitteten Bewegungen der Väter verbargen sich Gewalten, die kein Naturereignis an Bösartigkeit überbot.

Vor Blitz und Donner, vor wütendem Regen und Schnee konnte man sich schützen – vor der Zerstörungslust der Großen gab es keinen Schutz. Ihre Wildheit kannte keine Grenzen. Was im Bereich ihres Zugriffes lag, war dem Untergang geweiht. Es gab nur eine Rettung: Flucht nicht, indem man davonlief, das half gar nichts, sie holten einen ja doch ein, und außerdem saßen sie zu Hause an Tisch und Bett, den Quellen des Lebens. Nein, man musste in sich selber hineinfliehn, sich in sich verkriechen, sich klein und unscheinbar machen und den also bezogenen Schlupfwinkel mit List verstellen.

Sobald sie nämlich nicht trampeln und zugreifen konnten, wurden die Großen reine Gegenstände – Kleiderpuppen. Ihre Hilflosigkeit forderte zum Lachen heraus, doch unterließ man es besser, um nicht zu verraten, dass man eigentlich gar nicht da war, sondern anderswo, an einem sicheren Ort. Schlimmstenfalls bediente man sich der großen Zauberei: Man schloss die Klappen im Innern des Ohres, wodurch das Schimpfen der Erwachsenen zu einer vergleichsweise lautlosen Pantomime wurde. Man hätte ihnen endlos zusehen können, meinte Lisa: falls es möglich gewesen wäre, so lange stillzuhalten.

Ungeheuer wichtig war es, dem Aufmarsch der Riesen zu begegnen. Dann bildete man eine Festung mit soviel Türmen wie Menschen und soviel Schießscharten wie Augen und Münder.

Robert allein merkte weder das Nahen des Feindes noch die Vorbereitungen der Freundinnen, die, unter inneren Druck gesetzt, mit jeder Sekunde mehr zu Bildern kindlicher Unschuld wurden. Und der Feind drang durch das unbewachte Tor in die Festung ein. Als Robert von dem Geschrei und Waffenlärm zu sich kam, waren die Riesen bereits über ihm.

»Edouard, ich fürchte, dein Sohn ist verrückt geworden«, empfing Frau Hedwig Walter ihren Schwager. »Wenn du ihn nicht sofort wegnimmst, ersticke ich.«

Ein einziger Griff des Vaters in die beiderseitigen Rippen veranlasste Robert, die Tante loszulassen – er taumelte und streckte beide Arme aus nach einem Halt.

»Sie hat mich geschlagen«, entfuhr es ihm.

Verstört blickte er abwechselnd auf den Vater und den Onkel Doktor, dessen Kneifer nicht verriet, was dahinter vorging. Etwas Gefährliches konnte es nicht sein. Er hatte weiche Züge, langes, dunkles Haar, einen kurzen Spitzbart, er spielte mit der Uhrkette und hielt sich, als ob er seine Umgebung ärztlich beaufsichtige und im Besonderen aufpasse, dass seine lebhafte Frau sich nicht gesundheitswidrig übernähme. Er bewegte den Kopf, da spiegelte der Kneifer den Himmel, und im gleichen Augenblick lächelte er. Ohne Zweifel war er der harmloseste der Riesen.

Robert fasste sich, und als Lisa hüstelte und er sie daraufhin ansah, glitt ein schwaches Leuchten über sein Gesicht.

»Ich weiß nichts«, sagte er sehr laut und senkte den Kopf.

»Schau mich an!«, befahl der Vater.

»Ich weiß nichts«, wiederholte er unter heftigem Blinzeln.

»Idiot!«, murmelte Schmittlin. Es klang weniger zornig als ehrlich bekümmert.

Ein zweites, lauteres Hüsteln Lisas erregte seinen Verdacht, mit einem Ruck wandte er sich um und ließ die Frage auf sie herabsausen, was das für ein Messbuch sei, das sich vor ihr auf dem Boden herumtreibe. Lisa hob das Buch auf und begann gemütsruhig, es mit der Handtasche abzuwischen. Lucie Schön grinste.

»Weg von hier, wer nicht zur Familie gehört!«, befahl Edouard Schmittlin, worauf Lucie und Emma sich nach einem überstürzten Knicks entfernten. Einige Schritte weiter, bei dem Kerzengeschäft, blieben sie stehen und verfolgten, während sie die Auslage prüften, mit verschwiegenen Seitenblicken die Bemühungen der Riesen. Schmittlin betrachtete sie voller Zorn. Emma hielt er für ungefährlich, ihr Vater, Besitzer einer Eisenhandlung in der Langgasse, war ein Sonderling, der die Kunden mit seiner Schweigsamkeit abschreckte. Aber Lucie – *la fille unique de l'artiste!*[4] Auch im Nebenberuf als Neuigkeitskrämer hatte er nicht seinesgleichen. Er kannte alle Leute in der Stadt. Erzählte man sich nicht, er sei den beiden Ertrinkenden, die er gerettet, nur aus Neugier beigesprungen, weil er vom Ufer aus nicht habe erkennen können, wer sie seien! Tatsächlich waren es zwei Fremde gewesen, ein Sachse und ein Pariser.

Schmittlin nahm sich vor, Robert den Umgang mit der Tochter des deutsch-französischen Lebensretters zu verbieten, zog aber den Beschluss mit Rücksicht auf die zu erwartenden Repressalien gleich wieder zurück. Und nun gesellte sich auch noch Lisas Zwillingsbru-

---

[4] Französ. – das einzige Mädchen des Künstlers (Schauspielers)!

der Ferdinand zu den Ausgestoßenen – niemand wusste, wo er plötzlich herkam. In der Kirche hatte man ihn nicht gesehen.

Grand'maman hatte recht: Die Walterschen waren nie, wo sie hätten sein sollen – sie kamen gewohnheitsmäßig zu früh oder zu spät. Und in der Zwischenzeit dachten sie darüber nach, womit sie ihre Mitmenschen ärgern könnten ... Gleich machten sich die Mädchen mit rasenden Schnäbeln über Ferdinand her, der Junge feixte. Dabei legten sie ein gewissermaßen schreiendes Anstandsgefühl an den Tag, indem sie ihre Augen überall umherschickten, nur nicht zum Schauplatz ihres Berichtes. Und diese Kanaillen heißen ›wohlerzogene Kinder‹, stellte Edouard für sich fest ... Erbittert über die beleidigenden Verstrickungen des Lebens, drehte er den Klatschbasen am Kerzengeschäft den Rücken und sah sich Eva gegenüber, die nach wie vor neben Lisa stand und seinem Blick mit jener Würde begegnete, wie Unschuld und Bewusstsein des gesellschaftlichen Ranges sie verleihen.

»Gehörst du zu unsrer Familie?«, fragte er etwas unsicher.

»Leider nicht«, versetzte Eva, und Lisa bemerkte: »Oh! Was das anlangt – ich tausche gern mit ihr. Bitte sehr!« Dabei trat sie einen Schritt zurück.

Schmittlin warf ihrem Vater einen Blick zu, der nur ein Wort enthielt, dieses jedoch in Lebensgröße: »Ohrfeige!« Der Doktor verbarg sich hinter Haar und Kneifer – taten die Walterschen je, was sich gehörte?

Selten trat die dem Geschlecht der Riesen eigentümliche Plumpheit so deutlich zutage wie jetzt. Indes die Luft um die Häupter der Großen mit Gewalttätigkeit geladen war und sie mit schweren, hängenden Armen und gleichsam im Boden verwurzelten Beinen dastanden, glitt Eva leicht wie Luft an die Seite Roberts und ergriff seine Hand.

»Wie gern gehörte ich zu Ihrer Familie, Herr Schmittlin!«, sagte sie. »Ich habe keinen Bruder.«

Der Riese rührte verlegen die Trauerlippen – Goliath war an den Kopf geschlagen. Grazie vermag mit der Macht des Blitzes zu wirken – nicht umsonst hielt Grand'maman ihren Edouard für eine ›verboten empfindsame Natur‹. »Was alles erklärt – lieber Gott, alles. Alles!«

»Gewonnen!«, meldete Lisa, ohne die Lippen zu bewegen.

Sie irrte. Gewonnen war lediglich Hedwig Walter, die Eva gewaltigen Anlaufs in die Arme schloss und irgendwo in ihr Gesicht zwei Knallküsse springen ließ. Schmittlin hingegen äußerte verdrießlich, um ein so scheinheiliges Fräulein gedenke er seine Familie nicht zu bereichern.

Die Absage hinderte nicht, dass ihm über der leichtfüßigen Anmut Evas mit einmal die Sturheit seines Sohnes aufstieß, und er überfiel ihn mit der Frage: »Wer hat dich Elefantenküken denn geschlagen?«

»Niemand«, versetzte Robert sofort.

»Niemand?«

»Nein, Papa.«

»Da habe ich wohl vorhin falsch gehört?«

»Das kann ich bestätigen«, beteuerte Lisa, als Schmittlin erstaunt um sich blickte.

»Was kannst du bestätigen?«

»Dass du falsch gehört hast.«

»Jawohl«, bestätigte Robert. »Falsch gehört. Mich hat niemand geschlagen.«

Die drei Kinder blickten Schmittlin fest in die Augen, und obwohl er eines nach dem andern in steigender Empörung anblitzte, behielt ihr Blick unverändert den Ausdruck klarer Bestimmtheit.

»Ich muss es am besten wissen«, trug Robert nach.

Schmittlin nahm eine drohende Haltung an.

»Was musst du am besten wissen?«

Robert, der die Ohrfeige in der Luft hängen fühlte, zog sich, ohne den Vater aus dem Auge zu lassen, langsam auf die Mädchen zurück: »Was ich gesagt habe oder nicht«, versetzte er.

Nun hielten die Kinder dort, wo sie gleich zu Beginn der Auseinandersetzung hätten halten sollen und auch gehalten hätten, falls Robert nicht überrumpelt worden wäre. Es gab nichts, was ihren Widerstand hätte brechen können, auch die Anwendung von Gewalt wäre vergeblich gewesen. Der große Augenblick war gekommen, da der Riese vor Empörung über die Frechheit der Zwerge erstarrte, um dann die wiedergefundenen Geisteskräfte ausschließlich darauf zu richten, das Riesengesicht mit Anstand aus dem Gefecht zu ziehen. Oh! Wie konnten die Großen zu rührenden Lämmchen werden, die ruckweise die steifen Beinchen hoben, ›mähmäh‹ machten und nicht wussten, wohin mit ihren kleinen, erschrockenen Sprüngen ...

»Du fragest nach den Riesen, du findest sie nicht mehr«, raunte Lisa dem vor ihr stehenden Robert in den Nacken. Schmittlins Kopf füllte sich mit stürmischem Blut.

»Es ist lange her, dass du nicht logst – was? Darüber werde ich noch zu Hause mit dir sprechen.«

»Ja, aber wir sind Zeugen«, rief Lisa.

»Zeugen«, betonte Eva.

Alle drei blickten sie mit lächelnder Zuversicht zu Herrn und Frau Walter empor, und die Mädchen nickten noch obendrein. Es schien ihnen gerade so gut, als hätten sie es bei der Polizei zu Protokoll gegeben.

Der Doktor schmunzelte und sah mit verliebten Augen von Eva auf seine Frau und von dieser auf Eva, die sein Wohlwollen weitherzig erwiderte. Die feurige Lisa, ihrerseits nunmehr mit Schmittlin beschäftigt, erreichte schnell jenen Zustand höchster Glut, von der Lucie behauptete, er bringe Menschen, Hunde, Katzen und den kleinen Robert zum Schmelzen. Als Lisa ihren Mund versuchsweise zu einem. Kussmäulchen vorschob, guckte Schmittlin zwar verdrießlich weg, konnte aber ein freundliches Kräuseln seiner Lippen nicht verheimlichen. Was folgte, war nur noch Musik.

»Sagt dir dein Beichtvater nicht, dass du dich nicht mit Jungens abgeben sollst?«, fragte er gewaltig aufheiternd über die Achsel.

Vor Staunen konnte Lisa erst einmal nicht antworten. Wie merkwürdig! Immer verfügten Erwachsene über geheime Nachrichten, und immer blieb deren Ursprung dunkel ... Auch bewegte sich die Auseinandersetzung gerade noch in der Zwischenzone, wo es nicht feststand, ob man wieder die Wahrheit sagen durfte oder lieber noch damit abwartete. Sie beschloss, die Frage wahrheitsgemäß zu bejahen.

»Na und?«, stieß Vater Schmittlin nach und gab mit einer Handbewegung zu verstehen, dass die Kinder ihre vorschriftsmäßige Spaziergangstellung zwei Schritte vor den Großen einnehmen sollten.

»Kommt bei mir nicht infrage«, erwiderte Lisa. »Ich hab schon im Mutterleib mit einem Jungen zusammengehockt.«

»Hast du das deinem Beichtvater gesagt?«, fragte Schmittlin entzückt.

»Gewiss doch«, versicherte Lisa.

Während sie sich, auf zwei Reihen ausgerichtet, in Bewegung setzten, vernahmen die Kinder in ihrem Rücken ein Munkeln und Kichern, das die völlige Entwaffnung der Riesen anzeigte.

Und als sich kurz vor den Gewerbslauben der Junge, mit dem Lisa schon im Mutterleib zusammengehockt hatte, zu ihnen gesellte, erhielt er den Bescheid: »Krach gehabt. Erledigt.«

Ferdinand schien es nicht zu hören. Er sah Robert durchdringend an, errötete und verschwand. Keiner wunderte sich – sie wussten, was dieses ›Erscheinen des Engels‹ bedeutete. Ferdinand fand es verächtlich, dass Robert ›sich an Mädchen verkaufte‹, und gab ihm seine Missbilligung zu verstehn, indem er plötzlich wie das leibhaftige Gewissen vor ihm auftauchte.

»Der dumme Kerl ist noch immer in dich verschossen«, meinte Lisa. »Ich möchte nur wissen, was sie alle an dir finden.« Sie wandte ein wenig den Kopf zu Eva.

Statt errötend wegzublicken, wie Eva, die selbst errötete, bestimmt erwartet hatte, hob der Junge das Kinn und sagte: »Genau, was du an mir findest.«

Rasch fügte Eva hinzu: »Wer weiß – vielleicht ist Ferdinand der bessere Teil von euch Zwillingen.«

»Sicher ist er das«, bekräftigte Robert, und Eva musste an sich halten, um den der Nebenbuhlerin, wie es schien, endgültig abgerungenen Boden nicht mit einem Tänzlein in Besitz zu nehmen.

Lisa lachte auf, aber es klang unecht, und Robert äußerte nur: »Na ja!«

Am Kléberplatz wurden Emma und Lucie gesichtet. Einem Wink Lisas folgend, huschten sie heran und reihten sich ein.

Hier pflegte sich Vater Schmittlin von den andern Riesen zu verabschieden und seinen Weg, nachdem er in der Konditorei den Nachtisch eingekauft, allein mit seinem Sohne fortzusetzen. Statt stehnzubleiben, verlangsamten die Kinder heute den Schritt und legten die Ohren zurück.

Es erfolgte kein Einspruch – ja, die bekannten Stimmen verschwanden spurlos unter fremden. Eva, leicht wie Luft, drehte sich rasch einmal um sich selbst und meldete unter einem Freudensprung, von den Riesen sei nichts mehr zu sehen, die Stätte sei öd und leer. Sie gingen schneller und liefen schließlich als ungeordneter Haufen in eine Nebengasse.

Den Befehl dazu hatte Robert gegeben. Nicht einmal Lisa hatte gezögert, ihn zu befolgen. Vor einer Stunde noch hätte sie widersprochen. Es war ein kühner Befehl – zum ersten Mal rissen sie den Großen wortlos aus. Sie schritten schweigend und überlegten für sich, ob Lisa den Mut gehabt hätte, einen solchen Befehl zu erteilen, und die Kühnheit Roberts beschäftigte sie stärker als der Gedanke, wie einige von ihnen danach zu Hause empfangen würden.

In der Goldschmiedegasse trafen sie Emil, den Sohn des Zimmermanns, der im Schmittlinschen Hinterhaus wohnte. Er stand barhäuptig, die Hände in den Hosentaschen, vor einem Laden und bewunderte die vielfarbigen Würste, Pasteten und Salate.

»Wohin?«, piepste er. Emil befand sich im Stimmbruch.

»Hände aus den Hosentaschen«, befahl Robert.

Der Junge zog die Hände heraus und sah verwundert erst auf Robert, dann auf Lisa.

»So. Spazieren«, sagte sie verlegen.

»Ich schenke dir meine Mütze«, eröffnete ihm Robert. Er reichte die rote Kappe dem Jungen, der sie aufsetzte und an das Schaufenster ging, um sich darin zu spiegeln. Robert machte es nicht das Geringste aus, dass die freigelegten Locken eine Schwäche enthüllten, die mit Ausnahme Grand'mamans alle Welt bestritt und demnach vermutlich gar nicht wahrnahm. Die Mädchen betrachteten sein Haupt mit Wohlgefallen. Die früher stets als unangebrachte Tröstung aufgenommene Bemerkung Evas, Achill sei als Mädchen unter Mädchen aufgewachsen, fiel ihm ein und enthüllte den Vorsprung, den er zu allen Zeiten vor jenem Helden gehabt hatte. Er war nicht mit Mädchen aufgewachsen, sondern unter einer Großmutter, die für sich allein gefährlicher war als das ganze Volk der Trojaner.

»Prima-prima«, rief Emil und nickte sich im Schaufenster zu. »Da wird jemand gucken.«

»Dein Mädchen?«, fragte Lucie.

»Mein Mädchen«, bestätigte er schlicht.

Sie platzten aus. Es war ein großes Ärgernis, dass niemand von ihnen das Mädchen kannte, obwohl er sie gern mit der Redensart ›Jetzt muss ich zu meinem Mädchen‹ plagte.

Er wurde sofort gezüchtigt.

»Wie machst du es bloß«, fragte Eva, »um Löcher in das Oberleder deiner Schuhe zu bekommen?«

»Ich habe sie alt gekriegt«, erklärte er. »Der Herr Vorgänger wird sie mit dem Absatz gekratzt haben.«

Lisa ihrerseits behauptete: »Mit der Kappe siehst du aus wie verkleidet. Und vorhin hast du schon wieder gepiepst, du armer Junge! Und so was spricht von seinem Mädchen!«

Emil räusperte sich und rief mit rauer Stimme: »Ihr Weiber piepst ja euer ganzes Leben lang! Was wollt ihr denn eigentlich? Ihr kommt aus dem Stimmbruch überhaupt nicht heraus. Und du – du hast hier überhaupt nichts mehr zu sagen. Das merkt ein Blinder.« Er reckte sich und musterte Lisa.

Emil spielte gern den erwachsenen Arbeiter. Wenn man ihn so ansah, wie er die Schultern im Gelenk bewegte und den Kopf drehte, hätte man ihn fast für einen ausgewachsenen Zimmermann gehalten. Früher spuckte er dazu, aber das hatte Lisa ihm abgewöhnt. »Ich schenke dir Schokolade«, sagte Lisa mit einem Blick auf die rote Mütze.

Emil grinste und antwortete im Weggehen: »Hilft nichts. Jetzt sind die Männer oben. Und von Mädchen nehme ich überhaupt nichts.« Er drehte sich um: »Außer Liebe, versteht sich.«

»Du bist ein Simpel«, rief Lisa und, zu Robert gewandt: »Ich möchte nicht dabei sein, wenn Grand'maman herausbekommt, dass du deine Mütze verschenkt hast. Und sie bekommt es heraus, mein Lieber!«

»Ich werde auch mit Grand'maman fertig«, verkündete Robert.

»Mit Grand'maman?«, rief sie voll strahlenden Unglaubens, und ohne Übergang schlug sie vor, die Eltern zu suchen und sich unbemerkt an sie heranzuschleichen. »Wenn einer sich verlaufen hat, so sind sie's, nicht wir – verstanden?«

»Falsch«, sagte Robert. »Falsch und feige. Wir gehen nach Hause, und wenn sie kommen, sind wir längst schon da.«

»Wieso ist das tapferer?«, erkundigte sich Lisa.

»Na, weißt du!«, kreischte Lucie. »Das ist doch klar.« Emma Hämmerle, sonst die dienende Demut selbst, erkühnte sich zu einem Hohngelächter. Und Eva sprach ehrlich erstaunt: »Ich hätte nie gedacht, Lisa, dass du so dumm bist.«

»Abgemacht«, sagte Robert. »Wir warten.«

Nunmehr ergriff Lisa die einzige Maßregel, von der sie sich angesichts der Rebellen einen Erfolg versprechen konnte. Sie warf Robert einen schmerzlich empörten Blick zu und entfernte sich stumm. Langsam folgten die andern.

»Du musst laufen, Robby«, brach Eva das Schweigen. »Sonst ist dein Vater vor dir zu Hause.«

Der Rat war gut und kam ihm gelegen.

Er rief »Auf Wiedersehen!« und setzte sich in Trab. Ein Stückchen lief Eva neben ihm her, um ihm zu sagen: »Sei nicht traurig, Robby. Sie kommt wieder.«

»Bah!«, machte er.

Sie ließ sich nicht täuschen, lief noch ein Stückchen: »Sie lässt dich nicht fahren.« Eva atmete tief. »Sonst hole ich sie.« Sie blieb stehen und bog, ohne zu den beiden Mädchen zurückzukehren, in die Kinderspielgasse ein.

Die Schlacht
bei den Pyramiden

Das Münster trug das Kleid der schönen Herbstabende.

Sehr gefallsüchtig trotz ihres Hochmuts, war die Schöne in Rosa und Lila gekleidet – schimmernd vor guter Laune. Ihr Lachen strahlte über die alten Häuser. Die aber hatten schon so viel erlebt, dass nichts sie aus ihrer Verschlafenheit aufrütteln konnte. Sie hockten beisammen gleich verdrießlichen Frauen: »Eine Frechheit!« schienen sie zu sagen – »wie sich die jung macht! Und hat hundertmal soviel Jahre auf dem Buckel wie wir, das Rabenvieh!«

In der Höhe ging ein fröhlicher Wind. Unten war es still.

Der Rauch aus den Kaminen der Stadt spielte um die Hüfte der Schönen. Das schillernde Gewoge weckte den Gedanken an die Fluten, denen einst an einem Abend wie diesem die vollkommenste Gestalt der Schöpfung entstiegen war: die Ahnfrau alles Guten, die Göttin der im Gewaltigen maßvollen Liebe.

Ahnte die Schöne ihre Abkunft? Erinnerte ein plötzlich aufwallendes Gefühl sie an die Mutter?

Sie wandte den Kopf von den Strahlen der sinkenden Sonne weg, blickte nach Süden und lachte. Es schlug sechs. Ihr Lachen ließ jeden der Schläge erbeben – einer nach dem andern wirbelte in der Luft und sank herab auf die Stadt.

Durch die Dachluke des Speichers hätten die Kinder sehen können, wie sie dastand in der Herrlichkeit ihrer Freude. Aber die Gedanken der Knaben und Mädchen waren unempfänglich für die reine Größe, sie galten den gewaltigen und bösen Werken der Menschen.

Von den zwei übereinanderliegenden Speichern war der oberste ziemlich hell. Er hatte auf jeder Seite eine Reihe hoher Dachluken, deren meist schadhafte Scheiben mit Packpapier verklebt waren. Durch das einzige offene Fenster fiel ein Sonnenstrahl und teilte den Raum in zwei ungleiche Teile. Im kleineren Teil war der Boden mit Zeitungen ausgelegt.

Die Kinder kamen einzeln und in Gruppen, den Schrecken des unteren düsteren Speichers, in dem sich einmal ein Mann ›aus Liebesnot‹ (so hieß es jetzt) erhängt hatte, noch schaudernd im Rücken – alle zögerten vor dem flimmernden Sonnenstrahl und durchschritten ihn teils ängstlich geduckt, teils aufatmend, mit erhobenen Armen wie eine durchlässige Mauer. Zwei kleinere Mädchen fassten sich an den Händen, nahmen das Hindernis mit einem Satz und landeten quietschend auf der andern Seite.

»Pst!«, erklang es zurechtweisend, und aus dem Hintergrund rief eine Stimme: »Ruhe!«

Die Kinder hielten erschrocken die Hand vor den Mund und schlichen zur Seite.

Nachdem das Publikum auf dem Viereck aus Zeitungen, die natürlich sofort durcheinandergerieten, versammelt war, erschienen als letzte zwei weiß gekleidete Mädchen. Das Musselinröckchen reichte ihnen knapp bis an die Knie der übermäßig langen und mageren Beine. Die eine war ebenso auffallend schwarz wie die andre blond. Die Schwarze trug eine rote, die Blonde eine weiße Rose am Ohr, dort, wo bei beiden der eine der zwei starken Zöpfe ansetzte. Sie gingen rechts und links an den andern vorbei bis dicht vor die Bühne und betraten ihre Logen, zwei Waschzuber. In dem einen stand ein wackeliger Polsterstuhl, im andern ein Schemel.

Die Mädchen wandten sich zum Publikum, das sich stumm verneigte – erst gegen die Schwarze, dann gegen die Blonde. Die Mädchen dankten mit einer bedeutend kürzeren Verbeugung und setzten sich, worauf auch das Publikum auf dem Zeitungsparkett Platz nahm.

Ursprünglich hatte in jeder der beiden Logen ein alter Polsterstuhl gestanden, weil das Hofmeisteramt es für eine genügende Auszeichnung Lisas hielt, wenn das Publikum sich zuerst vor ihr verneigte. Aber infolge von Unstimmigkeiten, die mit einer Ohrfeigengeschichte zusammenhingen, hatte Lisa ihr Erscheinen an die Bedingung geknüpft, dass sie vor ihrer Freundin sichtlich erhöht werde – eine Anmaßung, die bestimmt an der Weigerung der maßgebenden Stelle gescheitert wäre, wenn nicht Eva selbst sich mit aller Kraft für die Kapitulation eingesetzt hätte.

Ihre Nachgiebigkeit wurde noch vor Beginn der Aufführung schlecht gelohnt. Sie erhob sich mit Anstand und bat, man möge die Hornisse verjagen, die in der plötzlich eingetretenen Stille den Speicher mit ihrem Brummen erfüllte, und als die Jungen im Parkett darauf mit höhnischen Zurufen antworteten, suchte sie mit einer leichten, hoheitsvoll vertraulichen Gebärde Unterstützung bei Lisa – so, als wende sie sich über die Köpfe des Pöbels hinweg an ihresgleichen und die zarteren Gesetze der Gesittung. Lisa aber verbesserte nur ihre Haltung und blickte auf Eva wie ins Leere.

Ein Wecker schnurrte ab. Die Kulissen, alte Gardinen, die von den Dachbalken herabhingen, gerieten in Bewegung. Eva setzte sich, von niemand beachtet, und der Vorhang, eine verfärbte, einst grüne Markise, rollte mühsam in die Höhe. Auf der Bühne, nämlich hinter einem quer über den Boden verlaufenden Kreidestrich, sah man die Generäle Kléber und Bonaparte. Hinter ihnen ragte ein spitz zulaufendes, mit alten Säcken bekleidetes Gestell bis unter das Dach.

Die Generäle standen neben zwei ziemlich neuen, kräftigen Stühlen und spähten durch das Fernrohr in die Kulisse. Es waren Fernrohre, wie sie in Friedenszeiten zur Versendung illustrierter Zeitschriften gebraucht werden, und nichts, außer vielleicht den Löchern in den Schuhen Klébers, hätte die sprichwörtliche Armut der republikanischen Heere schlagender beweisen können als diese Papprollen vor den Augen ihrer Befehlshaber. Hingegen waren die Kürassiersäbel, die sie mit der andern Hand festhielten, echte, sagenumwobene Haudegen aus dem Familienbesitz der Köchin Gudula. Sie reichten den Generälen bis an die Schulter.

Über Bonapartes lockenumrahmter Stirn glänzte ein Zweispitz aus vergoldetem Zeitungspapier. Seitlich schmückte den Hut eine blauweiß-rote Kokarde. Der ebenfalls blau-weiß-rote Federbusch aus Papierschnitzeln raschelte bei jeder Bewegung. Das köstliche Geräusch, nicht etwa, wie das Publikum annahm, Unzufriedenheit mit dem, was er durch das Fernrohr erspähte, war der Grund, weswegen der Höchstkommandierende so häufig den Kopf schüttelte. Kléber trug als Generalshut die rote Kappe, die Bonaparte ihm früher, als er noch Zivilist war, geschenkt hatte. Neben ihnen, etwas weiter nach vorn, hielten die 32 000 Mann der Ägypten-Armee, von denen man freilich nur den Flügelmann sah. Die übrigen 31 999 Mann verbarg die anschließende Kulisse.

Der Kopf des Flügelmanns steckte in einem viel zu großen Feuerwehrhelm, der Klebers Vater, dem Zimmermann, gehörte, und den der General gegen entsprechende Vergütung hergeliehen hatte.

Den Flügelmann der Ägypten-Armee machte Lisas Zwillingsbruder Ferdinand. Er hatte einen hölzernen Säbel umgeschnallt und gab sich Mühe, über diese Unzulänglichkeit hinwegzutäuschen, indem er ein unzweifelhaftes Jagdgewehr des Öfteren aus der einen, von der Kulisse verdeckten Hand in die andre, sichtbare wandern und die kriegerische Pracht vor den Augen der Zuschauer spielen ließ. Hier funkelte und blitzte es, bis die mutmaßliche Ungeduld der Ägypten-Armee ihren Höhepunkt erreichte. Dann kehrte das Gewehr zur andern Hand und damit in die Kulisse zurück, wo die Unruhe einer kampflustigen Armee durch Aufschlagen des Kolbens eine täuschende und, zumal für Mädchen, schaurige Nachahmung erfuhr. Die schwarzen, feurigen Augen des Mannes schielten bald nach Bonaparte, bald nach Eva, deren Blicke wiederum zwischen dem Höchstkommandierenden und der undurchdringlichen, in ihrem Bottich thronenden Lisa hin und her wanderten.

Robby sieht gut aus als Bonaparte, gestand sich Eva. Nach der Schlacht, wenn er gesiegt hat, schenke ich ihm meine Rose ... Ich werfe sie ihm zu. Lisa weiß nichts davon ... Sonst käme sie mir natürlich zuvor ...

»Siehst du was, Kléber?«, fragte mit tiefer Stimme Bonaparte.

»Nein, General, ich sehe nichts«, piepste Kléber.

Es hätte nicht erst des Kicherns im Zuschauerraum, bedurft, um den General vor Schreck über seinen Querpfiff zusammenfahren zu lassen. Ohne den Feind im Fernrohr aus dem Auge zu verlieren, räusperte er sich und stieß mit dem Kürassiersäbel auf den Boden. Nachdem die Unruhe sich gelegt hatte, nahmen die Generäle das Fernrohr vom Gesicht, und Bonaparte fragte: »Wie stark sind die Mamelucken?«

»Hunderttausend Mann, General«, versicherte Kléber, diesmal in einer dem Ernst der Stunde angemessenen Tonlage.

»Wir werden sie einfach angreifen müssen«, meinte Bonaparte. »Wir können nicht länger warten.« Mit erhobener Stimme fügte er hinzu: »Die Armee bebt vor Ungeduld.«

Auf dieses Stichwort begann der Flügelmann ganz entsetzlich in der Kulisse zu rumoren. Der Gewehrkolben klopfte und scharrte. Auch ein Klirren vernahm man. Eine Staubwolke erhob sich und zog langsam über die Bühne.

»Wie sollen wir sie angreifen, General«, bemerkte Kléber, »wenn wir sie gar nicht sehen?«

»Irgendwo muss schon gekämpft werden«, versetzte Bonaparte und fuhr mit dem Fernrohr durch die Staubwolke. »Sehen Sie nicht den Pulverdampf?«

Es klang verächtlich, und Kléber beeilte sich, das Fernrohr ans Auge zu heben. Kaum, dass er hindurchgesehen, rief er erschrocken: »Da sind sie, General! Wahrhaftig! Sie kommen in Haufen!«

Bonaparte nickte befriedigt, tat ein paar Schritte zur Seite, wobei er den Kürassiersäbel als Wanderstab benützte, zeigte auf das Gestell mit den alten Säcken und schrie: »Soldaten! Von diesen Pyramiden schauen vierzig Jahrhunderte auf euch herab!«

Im Saal herrschte nachdrückliche Stille. Das Publikum hielt eine so kurze Ansprache vor einer großen Schlacht für ungenügend und wartete auf die Fortsetzung. Die Hornisse bumste gegen die Scheibe einer Dachluke, und Bonaparte sah Eva ängstlich auf ihrem Schemel rücken. Erst als Kléber, der das Missverständnis witterte, »Bravo!« rief, geriet auch das Volk in Bewegung. Es spendete lebhaft Beifall, und mit dem Ruf: »*Vive l'Empereur!*«[5] präsentierte der Flügelmann das Gewehr.

Gleich darauf war er in der Kulisse verschwunden, und nun erscholl es bald hier, bald dort hinter der Bühne: »*Vive l'Empereur! Vive! Vive l'Empereur!*« Die 32 000 Mann der Ägypten-Armee schrien ihre Begeisterung in die Wüste.

Das Volk schloss sich an, minutenlang herrschte tapferes Geschrei.

»Was heißt denn das?«, brüllte Bonaparte. »Ich bin doch noch gar nicht Kaiser! Ich bin doch erst Konsul! ... Maul halten ... Ruhe!« Er war außer sich, ganz blass um die Nase, und schwang das Fernrohr, als suche er, wem aus dem Volk er es an den Kopf werfen solle.

Als der Lärm verstummt war, vernahm man erst nur wieder das Brummen der Hornisse, von helleren Tönen unterbrochen, wenn das

---

[5] Französ. – »Es lebe der Kaiser!«

Tier gegen die Scheibe stieß. Allmählich jedoch trat ein andrer Laut hinzu, ein Glucksen wie von einer Flasche, aus der eingeschenkt wird, leise erst, dann stärker: Lisa lachte.

Und jetzt steckte sie das Taschentuch zwischen die Zähne, beugte sich vor, man sah von ihr nur noch den krampfhaft geschüttelten Rücken.

Bonaparte, der bis an den Kreidestrich vorgerückt war, ließ das drohend erhobene Fernrohr sinken und blickte von Lisa auf Eva, von einem Bottich zum andern. Eva war so verdutzt wie er selbst, wie das Publikum, wie die übrige Generalität, wie die gesamte, plötzlich verstummte Armee. Da, endlich, erhellte eine Eingebung Evas Züge. Sie warf den Arm hoch und rief mit ihrer schönen hellen Stimme: »*Vive Bonaparte!*«

Jetzt bald, dachte Eva ... Gleich ziehe ich die Rose aus dem Haar und werfe sie ihm zu ... Wenn nur Lisa nicht ... Warum wartet er so lange, um zu siegen!

»So ist es richtig«, bemerkte sachlich der Konsul, und zu Kléber und dem wiederaufgetauchten Flügelmann sagte er: »So war es abgemacht, ihr Esel!«

Eva, vom Erfolg ermutigt, sprang auf, machte in militärischer Haltung eine Bewegung, als ziehe sie einen Säbel, und nickte Bonaparte eifrig zu.

Leider konnte er den Rat nicht befolgen, weil zum Herausziehen des Säbels zwei gehörten, einer, der die Scheide festhielt, und ein andrer, der die Klinge herauszog.

Erstaunlicherweise eilte ihm in diesem Augenblick Lisa zu Hilfe. Sie richtete sich in ihrem Bottich auf und kreischte: »*Vive Bonaparte!*« drei-, viermal, bis das Publikum und anschließend auch die Armee die Sprache wiederfand, und nun spürten alle in ihrem Fleische, wie der Feind unter dem verbesserten Schlachtruf in sich zusammenkroch.

Eva allein nahm nicht an dem Ausbruch teil und setzte sich traurig auf ihren Schemel. Sie wusste jetzt, dass Lisa ihr zuvorkommen würde – dass die rote Rose auf die Bühne flöge, bevor sie noch ihre weiße losgemacht hätte ...

Währenddessen würgte Kléber an einer Gewissensfrage. Bonaparte hatte ihm auseinandergesetzt, dass die Worte, die auf seinem Denkmal auf dem Kléberplatz standen, vor der Schlacht bei Heliopolis und in Abwesenheit Bonapartes gesprochen worden seien als Antwort auf eine Aufforderung zur Übergabe – wohingegen hier die Schlacht bei den Pyramiden stattfinde, bei der Bonaparte allein kommandiert und das große Wort geführt habe. Kléber hatte sich, wenn auch widerstrebend, gefügt und seinen historischen Ausspruch hinuntergeschluckt. Jetzt aber, in der durch den Fehlruf der Armee angerichteten Verwirrung, stieg ihm der Ausspruch ganz von selbst wieder hoch. Eine Zeit lang kämpfte er mit sich, dann trat er mit rotem Kopf neben Bonaparte, forderte, indem er mit dem Säbel auf den Boden klopfte, Ruhe, räusperte sich ein paarmal, und siehe da, sein verzweifeltes Unternehmen gelang nicht nur stimmlich, es brachte auch die Schlacht in Gang. Hell und männlich schmetterte er ins Parkett: »Soldaten! Auf derartige Frechheiten gibt es nur eine Antwort: den Sieg. Macht euch fertig zum Gefecht!«

Der Beifall war ungeheuer, und als habe die Armee nur auf dieses Wort gewartet, marschierte sie mit gewaltigem Lärm gegen den Feind. Man hörte den dröhnenden Schritt der Infanterie, das Trappeln und Wiehern der Pferde, das Poltern der Kanonen. Die Pyramide wankte.

Bonaparte, schnell gefasst, verfolgte den Aufmarsch seiner Armee durch das Fernrohr. Als der Beifall abflaute, rief er: »Kléber!«

Kléber, der, von sich selbst entzückt, mit blanken Zähnen in den Zuschauerraum grinste, pflanzte sich vor dem Höchstkommandierenden auf und salutierte.

»Kommen Sie, mein Lieber«, sagte Bonaparte und klopfte ihm auf die Schulter. »Sie kriegen jetzt zu tun.«

Gemeinsam schritten sie zu den beiden Stühlen vor der Pyramide.

»Vorwärts«, befahl der Konsul. »Greifen Sie mit dem linken Flügel an und machen Sie mir einen schönen Salat aus den Türken.«

Kléber stellte das Fernrohr am Fuß der Pyramide ab, salutierte und ließ den gewaltigen Säbel vorsichtig in das Gehenk hinab. Um so stürmischer schwang er sich dann aufs Pferd.

Hier kam nun ans Licht, warum von allen im Speicher versammelten Gegenständen die beiden Stühle allein mit Sorgfalt ausgewählt und voll gebrauchsfähig waren. Den Säbel am, Boden schleifend, beide Hände um die Stuhllehne gekrallt, begann Kléber in die Schlacht zu reiten. Bereits drangen die ersten Kanonenschüsse herüber. Der Galopp war heftig, das erkannte jeder, aber so wild die vier Beine auch tanzten, sie kamen nur mühsam vom Fleck, und so kräftig das Tier gebaut war, drohte es doch bei jedem Sprung in die Brüche zu gehen. Atemlos verfolgten alle, Bonaparte an der Spitze, die Anstrengungen des wackeren, in den Schmittlinschen Geschäftsräumen requirierten Rössleins. Als es endlich mit seinem Reiter den letzten Satz in die Kulisse hinein tat, brach ein Jubel sondergleichen los, und die Schlacht schien gewonnen.

In Wirklichkeit begann sie erst.

Alle halbe Minute kam der Flügelmann gelaufen, um als Adjutant Meldung zu erstatten und die Befehle des Feldherrn entgegenzunehmen.

Man hörte deutlich, wie er jedes Mal in der Kulisse vom Pferde sprang.

Mit Rücksicht auf die verschiedenen Waffengattungen, die ihn zum Höchstkommandierenden entsandten, kam er bald von der Artillerie im Feuerwehrhelm, bald von der Infanterie in einer hohen Grenadiermütze aus geschwärztem Papier, und wenn die Papiermütze weiß war und oben zu einer Spitze eingedrückt, so schickten ihn die Kürassiere. Zuletzt, als eine Abteilung *Voltigeure* in einen Hinterhalt gefallen und bis auf ein paar Ausreißer niedergemacht worden war, erschien er barhäuptig, mit zerrauftem Haar und einem Stirnverband, der rote Flecken aufwies.

Bisher hatte der Konsul seine Befehle mit Gelassenheit erteilt – sogar, als ein von der feindlichen Reiterei gesprengtes Karree in der Eile aus verschiedenartigen Truppen neu zusammengestellt werden musste. Bei der Meldung von den niedergesäbelten *Voltigeuren* verlor er die Geduld. Er ließ den Überlebenden sehr unangenehme Dinge bestellen, und durch das Versagen einer so erprobten Truppe gewarnt, stieg er zu Pferd, um für alle Fälle bereit zu sein.

Die Hoffnung der Zuschauer, er werde nun ebenfalls wegreiten (die Kleinsten im Parkett sprangen auf, um besser zu sehen), erfüllte sich nicht, obwohl der Geschützdonner näher und näher rückte und der Wind zuweilen ein wildes Geheul herübertrug, das unverkennbar von den Mamelucken kam. Statt dessen erschien schon wieder der Flügelmann. Mithilfe eines Tischtuchs und einer Serviette hatte er sich in einen burnustragenden, turbangeschmückten Türken verwandelt. Er trat als Parlamentär auf und warf sich dem Konsul zu Füßen.

Lisa war die Lust, sich aufzuspielen, unter den gewaltsamen Ereignissen vergangen, und Bonaparte hatte infolgedessen seine Aufmerksamkeit unbehindert der Kampfhandlung zuwenden können. Seitdem das Geschützfeuer die Luft erschütterte und der Speicher nicht nur wankte, sondern von einem ekligen Pulverdampf erfüllt war, der ihr die Kehle zuschnürte, drehte Lisa an ihrem Taschentuch und schluckte.

Das letzte, besonders bedrohliche Aufheulen des Feindes entriss ihr einen Schrei. Der Schrei war so beängstigend, dass der Höchstkommandierende sich versucht fühlte, den stürmisch anrückenden Muselmanen abzuwinken. Doch belehrte ihn ein Blick auf Lisa, dass sie, wie die andern auch, auf die Steigerung der Schlacht ins Unmenschliche brannte, keineswegs auf die Schmälerung ihrer Gräuel.

So tupfte er denn dem Parlamentär mit dem Fernrohr auf den Kopf und fragte: »Sprich! Was begehrst du, ungläubiger Hund?«

Als der Türke daraufhin das Gesicht hob und seine Bitte um Waffenstillstand vorbrachte, rief eine Knabenstimme im Parkett: »Mein Gott, ist das nicht die Lisa?«

»Du Simpel!«, versetzte auffahrend Lisa. »Du siehst doch, dass ich hier sitze! Du kennst doch wohl noch meinen Bruder!«

»Oho«, mischte Lucie Schön sich aufgeregt ein, »man kann euch wahrhaftig nicht auseinanderhalten.«

Im Zuschauerraum begann ein Flüstern und Wispern, mit kleinen kichernden Lauten dazwischen, wie von Kindern, die gekitzelt werden. Alle, Knaben und Mädchen, fühlten das Richtige der Behauptung. Plötzlich, wie auf ein Stichwort, schien ihnen die Ähnlichkeit der Zwillinge über das natürliche und gewohnte Maß hinauszugehen. In manchen stieg eine Ahnung auf, als habe es mit den beiden nicht seine Richtigkeit, als sei Lisa ein verkleideter Junge und Ferdinand ein verheimlichtes Mädchen oder als könnten sie abwechselnd das eine sein und das andre. Was wollten Unterschiede wie Hose und Rock, wie kurze oder lange Haare besagen – wer von ihnen hatte sich nicht schon verkleidet! Niemals aber hatten sie sich dabei so weitgehend verändert wie der Türke Ferdinand, das wussten sie genau, sie hatten sich im Spiegel gesehen. Und sie fragten sich, ob das Ganze ein Skandal sei oder nur ein verbotenes Vergnügen.

»Das Nachthemd, in dem er da vor seinem angebeteten Robert kniet –«, flüsterte Lucie Schön der Emma Hämmerle ins Ohr. »Ob ihm darunter Brüste wachsen?« »Du bist ein schmutziges Ding«, versetzte Emma.

Lucie stieß sie in die Seite: »Selber Schmutzfink!«

Und Emma, die immer zu kurz kam im Leben, spürte, wie sich in ihr ein Gefühl von Verlegenheit ausbreitete, ein trauriges Verlangen, an der Gefahr solcher Zweideutigkeit teilzuhaben, mit Ferdinand und Lisa verbunden zu sein, wenn auch nur durch Mitwissen (wovon, blieb unklar) – mit ihnen und mit Robert, der dem Geheimnis am nächsten lebte ...

Während der Schlachtenlärm auf der Bühne verstärkt einsetzte (Kléber, der ihn vertretungsweise besorgte, zeigte sich erfindungsreicher als der derzeitige Türke), richtete der General an den Parlamentär ein Ansinnen, das die Zuschauer gänzlich verwirrte. Er verlangte als Preis des Waffenstillstandes, dass der Sultan die schönsten Frauen seines Harems an ihn abtrete!

»Wie viel hat er denn?«, fragte eine Mädchen stimme, die sich vor Eifer überschlug.

Lisa wandte den Kopf und sagte hochnäsig: »Wie viel wird er schon haben!«

Und zu Bonaparte, über den Kreidestrich hinüber: »Puh, lauter alte Weiber! Da gratuliere ich aber, Robby.«

»So bringe mir die jüngste Sultanstochter!«, befahl, sichtlich eingeschüchtert, der Konsul.

Der Parlamentär neigte das Haupt und sprach, indem er gleichsam fröstelnd den Burnus fester um sich zog: »Oh, Herr! Die Sultanstochter bin ich selber!«

»Nein?«, schrie jemand in höchster Erregung.

Die Zuschauer sprangen fast alle gleichzeitig hoch, Lisa aber in einem Schwung aus dem Bottich und auf die Bühne. Sie riss der angeblichen Sultanstochter den Turban vom Kopf und packte sie bei den Haaren.

»Was willst du sein, du Simpel? Die Sultanstochter? Sag es noch einmal!«

Wiederum war es Kléber, der, diesmal unsichtbar hinter der Bühne, eingriff und der Lahmlegung des Schlachtenlenkers auf dem Höhepunkt des Ringens ein Ende setzte.

In der Tasche bewahrte er ein Dutzend Knallerbsen. Sie sollten zur Verwendung kommen, wenn die Muselmanen, den von einem ungenannten General befehligten rechten Flügel überrennend, bis dicht an die Pyramiden herangekommen wären und auf das Konsuls Befehl die Garde nach kurzem, heftigem Gewehrfeuer zum Bajonettangriff überginge, wodurch die Schlacht entschieden würde ...

Ohne länger zu warten, entfesselte Kléber das Gewehrfeuer im gleichen Augenblick, als Bonaparte sein Pferd scheuen und durchgehen ließ, um sich vor Lisa beim Feind in Sicherheit zu bringen. Lisa, durch das Knallen und Funkensprühen eingeschüchtert, versetzte der Sultanstochter einen Stoß in die Richtung, aus der das Feuer kam, und floh in ihren Bottich zurück.

Eva nestelte an ihrer Rose, lockerte sie vorsorglich. Nun würde doch sie es sein und nicht Lisa, von der er die Rose bekäme ... Sieg doch endlich – sieg, sieg! ...

Bonaparte brachte sein Roß mit einem Zug an der Kandare zum Stehen und klopfte das stolz nachscheuende Tier beruhigend auf den Hals.

Kléber kam angestürzt.

»General, drei unserer Karrees sind niedergesäbelt, fünfzig Geschütze verloren, unsere Kavallerie flieht dem Rheine zu.«

»Dem Nil«, verbesserte Bonaparte.

»Dem Nile zu, wollte ich sagen«, benachrichtigte Kléber das Publikum.

Sodann überreichte er dem Höchstkommandierenden den blanken Säbel, den er schon vor einiger Zeit mithilfe des Flügelmanns hinter der Kulisse aus der Scheide gezogen hatte, und übernahm statt dessen den Säbel Bonapartes. Der Klinge sah man an, aus welchem Blutbad sie kam: Sie war mennigerot von der Spitze bis zu dem Griff.

Bonaparte schwang den blutigen Säbel über den Kopf, und Kléber lief unter Mitnahme der Sultanstochter, die Burnus und Turban im Stiche ließ, spornstreichs hinter die Bühne.

»Soldaten!«, rief Bonaparte. »Ihr seid die Garde. In hundert Schlachten habt ihr niemals gewankt, ihr seid keine Voltigeure, die wie junge Hunde – wie junge Hunde – Ihr seid meine alte Garde! Ein Grenadier stirbt, er ergibt sich nicht. Achtung! Fällt das Bajonett. Vorwärts! Es lebe Frankreich! Es lebe die Republik!«

In wuchtigem Gleichschritt marschierte die Garde ab. Auf einer Spieluhr erklang leise, beinah zärtlich die *Marseillaise*. Die Zuschauer, die in der Aufregung vergessen hatten, ihre Plätze wieder einzunehmen, summten sie stehend mit, ohne Rücksicht auf Takt und Wortlaut. Einige verwechselten sie mit der *Sambre-et-Meuse*[6].

Bonaparte drehte das Roß zur andern Seite und schrie: »Artilleriereserve vor! Schwerste Geschütze! Feuer!«

Ein furchtbares Krachen und Klirren erfolgte. Von der unsichtbar gewordenen Bühne wälzte sich eine Staubwolke ins Parkett. Vielleicht stand die Welt noch, aber sicher ging sie gleich unter.

Die Zuschauer standen noch blind und betäubt vom ersten Schlag, da ließen Kléber und die Sultanstochter hinter der Bühne die zweite Kiste mit leeren Weinflaschen von den Dachbalken herabsausen. Der Schrecken warf die Kinder gegeneinander, schreiend liefen sie über den schwankenden Boden. Einige sahen noch, wie die Pyramide zusammenbrach.

Jenseits des Sonnenstrahls, in dessen gelblichen Dampf sie rasch nacheinander auftauchten, schienen sie in einen Abgrund zu stürzen – Bonaparte nahm es verwundert, aber unbekümmert wahr. Er hielt vorn am Kreidestrich, stieß den vom Blut des Feindes geröteten Säbel in die Luft, brüllte: »Sieg! Sieg!«

Schon ritt auch Kléber herbei. Als das Pferd nicht schnell genug lief, stieg er ab und schleifte es hinter sich her. »Sieg!«, jubelte er, und an die andre Seite des Konsuls stellte sich der alte Grenadier und Flügelmann mit dem endlich wieder zu Ehren gekommenen echten Gewehr, und auch er schrie nach Kräften: »Hoch Bonaparte! Sieg! Sieg!«

Außer der siegestrunkenen Armee befand sich nur ein Mensch noch im Speicher: Eva, mit der baumelnden weißen Rose im Haar. Sie stand in ihrem Bottich, vollführte Schwimmbewegungen mit den Armen und suchte vergeblich, die undurchsichtig gewordene Staubwolke zu zerteilen. Wie gern hätte sie »Sieg! Sieg!« gerufen. Sie setzte dazu an, es ging nicht. Sie hustete herzzerreißend, und darüber fiel die Rose zu Boden.

Sie bückte sich mehrmals, um sie aufzuheben, der Husten riss sie vorzeitig wieder hoch.

---

[6] Titel eines französischen Tanzliedes.

In einer Atempause wurde der Konsul auf das Geräusch aufmerksam. Er drang bis zu dem Mädchen vor und trat unversehens auf die Rose. Eva sah es und wollte ihn zurückstoßen.

»He da! Ambulanz!«, rief er und hielt ihr die Hände fest wie einem Verwundeten, der in Schmerzen um sich schlägt. Zu dritt trugen sie die Zappelnde an Armen und Beinen auf die Treppe. Dort sagte der Konsul: »Verzeihen Sie, Madame, wenn ich Sie jetzt im Lazarett absetze. Ich muss nach meiner tapferen Armee sehen. Die Wüste ist mit Toten und Verwundeten übersät.«

Sie ließen sie stehen und kehrten auf das Schlachtfeld zurück, um es womöglich noch vor dem Abendessen aufzuräumen.

Die Kinder rannten über die beiden Höfe und weiter den Illkai hinunter.

Eva folgte ihnen langsam. Sie hätte viel lieber unter den Toten und Verwundeten gelegen, mit denen die Welt übersät war und zwischen denen sie in Gedanken den zukünftigen Kaiser wandeln sah. Das Schlachtfeld war ein exotischer Garten. Die Toten waren schön, ihre starren Augen blickten dankbar auf den Kriegsgott, der sich mitleidig über sie beugte. Die Sterbenden sprachen wunderbare Worte, die in die Schulbücher kamen. Sie zweifelte nicht, dass Robby eines Tages Kaiser sein werde – oder etwas Ähnliches. Ein Sonnenstrahl traf die Spitze des Münsterturmes, um dessen nadelfeine Umrisse die Dämmerung wob. Glühend schwebte sie im Himmel, losgelöst von der Erde, einsam und erhaben.

»Eine Krone!«, sagte Eva leise. »Robby! Eine Krone!«

Dann lief sie hinter den andern her.

Die Kinder sammelten sich auf der Mitte der Brücke, um zu Atem zu kommen. Gewohnheitsmäßig hoben sie plötzlich alle den Kopf und guckten in die Luft. Der ganze weite blaue Himmel knurrte. Es war der tägliche Artilleriekampf in den Vogesen. Der Krieg ging ins fünfte Jahr.

Bald stockte das Geräusch, bald schwoll es an, gleichsam erbost, unterbrochen worden zu sein.

Geradeso gut, nein, viel eher hätte es aus der Erde kommen können, denn der Himmel rührte sich nicht. Vergnügt schossen die Schwalben hin und her. In der Erde aber war eine Bedrückung und heimliche

Unrast, schwächer als ein Zittern – ein Schauern, ein kleiner Wirbel hier und dort auf erstarrter Fläche ...

Die Kinder waren in der Unruhe groß geworden. Sie nahmen sie ohne besondere Gemütsbewegung wahr. Jene Wallung von Angst und sinnlicher Erregung, die sie in der ersten Zeit gleichsam über-schwemmt hatte, drang längst nicht mehr in ihr Bewusstsein. Das vertraute Knurren beruhigte sie.

Lisa blickte zum Haus hinüber, aus dem sie geflohen waren.

»Die Simpel!«, sagte sie. »Einen so zu erschrecken!«

Die Alten machen mit

Sie bot die gesamte Familienpolizei auf und schreckte zuletzt auch vor der Belästigung der Frau Bürgermeister nicht zurück. Mit diesem Schritt wurde Marraine betraut.

Er bereitete ihr die ›größte Seelenqual ihres Lebens‹, wie sie Grand'maman unter flehentlichen Bitten, sie von dem ›Henkersgang‹ zu entbinden, tagtäglich versicherte.

Es gab da eine alte Geschichte – ach! Grand'maman kannte sie nur zu gut! Eines Tages war in dem Kolonialwarengeschäft *en gros et en détail*, dem ›ersten am Platze‹, das Schreiben eines Rechtsanwaltes eingetroffen, worin das alte Handelshaus eine Räuberhöhle und ihre Besitzer Ehrabschneider *en gros et en détail* genannt wurden. Marraine sah sich beschuldigt, ein ganzes Stadtviertel mit ihrem ›gemeingefährlichen Klatsch verpestet zu haben‹, weil Frau Bürgermeister Klein die Annahme einer unfrischen Ware, wie sie vielleicht für weniger zahlungskräftige Kunden zurückgestellt zu werden pflegte, abgelehnt und seitdem das Geschäft gemieden habe. Nach Aufzählung der ärgsten, von Marraine ausgestreuten Verleumdungen schloss das Schreiben mit der Ankündigung einer Beleidigungsklage, der die Veröffentlichung des Urteils ›zulasten der Beklagten‹ in den Zeitungen folgen werde. Marraine, im Glasverschlag unter dem sausenden Gaslicht, las das Schreiben, las es ein zweites, las es ein drittes Mal. Dann holte sie ihr großes Taschentuch aus der Schublade und trocknete sich die Stirn.

Sie wunderte sich, dass draußen die Sonne schien – bei jedem Menschen, der an der offenen Ladentür vorbeiging, schrak sie zusammen, sie hasste den Kommis, der sich, als wäre nichts geschehn, im Laden zu schaffen machte. Sie hätte geschworen, dass keiner der Ausdrücke, wie sie, als von ihr stammend, in dem Schreiben vermerkt standen, je über ihre Lippen gekommen sei, nicht einmal ihren bösartigen Kunden mochte sie derartige Verleumdungen zutrauen (geschrieben klangen sie tatsächlich ganz anders), nie war ihr die Familie des Bürgermeisters so ehrwürdig, um nicht zu sagen: heilig erschienen. Sie schickte den Kommis in den Keller, rief ihren Gatten, und als das unscheinbare Männchen zu ihr in den Glasverschlag trat, fiel sie ihm um den Hals und rief, er habe eine Verbrecherin zur Frau – aber das komme davon, wenn der Mann kein richtiger Mann sei und immer nur die Schnäpse probiere und die Frau Tag und Nacht sich selbst überlasse. Woher solle eine Frau zum Beispiel die Gesetze kennen?

Nein, sagte der Mann, das komme davon, dass sie unter der Schürze ein Seidenes anhabe und die Kunden mit dem Vornehmrascheln demütige.

Da sehe man es wieder, versetzte sie, wenn es gelte, sich das Unglück einer Frau zunutze zu machen, sei er vornedran, sonst jedoch, ohne zu wanken, hinter den Likörflaschen.

Der Gatte wusste aus Erfahrung, dass sein Mut nicht länger dauern werde als ihre Tränen, deshalb schwieg er und griff nach dem Schreiben, das sie ihm hinhielt. Er hatte noch nicht die Hälfte gelesen, da legte er es vorsichtig auf das Pult, sagte: »Ich weiß von nichts«, und ging ins Hinterstübchen, dessen Tür er lautlos hinter sich schloss. Sie lief ihm nach, öffnete einen Spalt und sagte: »Wenn du ein richtiger Mann wärst –«

»Wenn ich ein richtiger Mann wäre«, unterbrach er sie ruhig, »würde ich dich windelweich hauen.« Er drückte die Türe zu und drehte den Schlüssel, worauf Marraine ihre Versuche, zu ihrem natürlichen Tröster zu gelangen, nicht fortsetzte, sondern nur ausrief: »Nicht von der Chartreuse! Bitte, nicht von der teuren Chartreuse!«

Die Kunden, in den nächsten Stunden von dem drohenden Unheil in Kenntnis gesetzt, verloren den Glauben und rieten zur Unterwerfung. Marraines Behauptung, dies und jenes aus dem Schreiben habe sie jedenfalls nicht so geäußert, stieß auf ungläubiges Lächeln, und als sie darauf bestand, meldeten sich Zeugen, die sich anheischig machten, die wortgetreue Wiedergabe der Lästerung zu beeiden. Am bestimmtesten in dieser Richtung äußerten sich solche, die am höchsten in der Kreide standen – zuerst war sie verblüfft, dann lächelte auch sie, lächelte wie jemand, der dem Undank und der Bosheit der Welt bis auf den Grund geblickt hat. »Es ist gut«, sagte sie, »es ist gut, lebe Leute. Ich will alles auf mich nehmen.«

Grand'maman, zu der sie nach Ladenschluss kam, meinte freudig bekümmert: »Dein armer Mann! Er wird dir den ganzen Laden austrinken!«

Im Übrigen baute sie auf die stadtbekannte Herzensgüte der Frau Bürgermeister, und obwohl es schon Abend war, ließ sie unverzüglich anspannen und brachte Marraine im Coupé zum Bürgermeisteramt. »Sollte die Dame gar zu stolz sein«, sprach sie, »dann denke daran, dass ihr Großvater noch im Württembergischen zu Hause war.« Gleich darauf schärfte sie ihr ein, zu der Dame wie zum eigenen Beichtvater zu sprechen und einfach, »es kann dir für einmal nicht schaden, ganz einfach die Wahrheit zu sagen«, und übergab sie dem herbeigeeilten Pförtner. Sie selbst setzte sich auf den Rücksitz des Wagens, ließ die eine Laterne umdrehen und verrichtete in deren Licht ihre Abendgebete.

Marraine war bald wieder da, sie hatte die Frau Bürgermeister beim Abendessen gestört. »Sie kam in den Salon und saß in ihrem Sessel wie deine Kaiserin Eugénie in der Pariser Oper«, berichtete sie, und sie beglückwünschte sich, dass sie der Dame ›in die Suppenschüssel gefallen‹ sei, was nicht wenig zur schnellen Abwicklung der Sache beigetragen habe. Grand'maman, die fand, dass die Sünderin viel zu billig weggekommen sei, suchte nach Gründen für das Versagen der Gerechtigkeit,

»Du hast geflennt«, behauptete sie.

»Nein, ich habe an den Großvater im Württembergischen gedacht«, kicherte das törichte Weib.

Da wusste Grand'maman, dass sie log, und war zufrieden, und als die andre das Versprechen der Frau Bürgermeister erwähnte, sie in Zukunft bei ihren Einkäufen wieder zu berücksichtigen, schlug sie die Hände zusammen: »Du lieber Himmel, die arme Frau! Da werden die Leute meinen, es sei doch etwas an deinem Gerede gewesen! Du hättest ihr davon abraten sollen, du selbst, meine Liebe – falls noch ein Funke von Anstand in dir wäre!«

Eine Weile staunte Marraine mit offenem Mund, dann sagte sie: »Eine Frau wie die gehört heiliggesprochen, jawohl – heiliggesprochen!«

Frau Bürgermeister Klein hielt ihr Versprechen nicht, wahrscheinlich, weil ihr Gatte, ein politischer Mensch wie Grand'maman, deren Bedenken teilte. Auch wurde ihre Heiligsprechung von Marraine nicht weiter betrieben.

Ist es da ein Wunder, wenn Marraine dem Verlangen Grand'mamans, Frau Klein nach Evas Verbleib am Tag der Schlacht bei den Pyramiden auszuhorchen, so hartnäckigen Widerstand entgegensetzte!

»Du demütigst mich wie einen treuen Hund«, klagte sie.

»Ich bezweifle, dass Hunde treu sind«, versetzte die Alte.

»Wenn sie mich sieht«, jammerte Marraine, »glaubt sie, ich wolle sie an ihr Versprechen erinnern. Dürfen andre Leute als Sie, Grand'maman, keine Ehre haben?«

»Es fragt sich, was für Leute. Und deine Geschichte, die ist so alt wie die Fischkonserve, die du Frau Klein andrehen wolltest. Sie stinkt schon, meine Liebe. Lass mich gefälligst damit in Ruhe!« Und nun wurde die Alte gefährlich. Sie schüttelte mit dem Kopf, und ihre Stimme schepperte.

»Hier wird keiner gezwungen. Aber ich lasse mir auch niemand über den Kopf wachsen. Du hast die Wahl. Wir sperren deinen Laden für die Familie Schmittlin und Walter, oder du gehst.«

»Dann geben Sie mir wenigstens Ihren Wagen.«

»Es ist nicht mein Wagen, er gehört: dem Geschäft. Und rege mich bitte nicht weiter auf. Denk an mein Herz!«

»Ich gehe nur im Wagen«, beharrte Marraine und begann zu weinen.

»Du gehst zu Fuß!«

»Im Wagen!«, schluchzte die andre.

»Zu Fuß! Und sofort!«

Der Kopf, weiß mit einem Goldton wie altes Elfenbein, stand still, die hellblauen Augen, *Stella matutina*, der Morgenstern, schwammen im Licht des frühen Morgens, das klarer ist als alle irdischen Quellen und gleichsam die Seele von allem Licht. Sie lächelte wie ein Gletscher.

»Im Jenseits«, stammelte Marraine, die der Tür zueilte, »im Jenseits ... Sie werden es büßen!«

Marraine machte ihren ›Henkersgang‹ umsonst. Frau Klein erklärte ihr, sie wisse, wo ihre Tochter Eva sich an dem fraglichen Sonntagnachmittag aufgehalten habe.

Marraine kicherte schadenfroh: »Ich auch!«

»Na also«, meinte die Dame.

Marraine jubelte: »Und was die Kinder da getrieben haben, geht mich nichts an.«

Die Dame beugte sich vertraulich vor: »Ich weiß es«, flüsterte sie und hielt mit drolliger Anmut den Finger vor den Mund. »Sie haben die Schlacht bei den Pyramiden aufgeführt. Aber, nicht wahr? Es soll unter uns bleiben. Sie verraten uns nicht!«

Marraine wäre ihr beinahe um den Hals gefallen. Ihre armen, vom lebenslänglichen Ladenstehn abgenutzten Füße trugen sie beschwingt zum Schiffleutstaden, wo sie das Scheitern der Unternehmung verkündete wie einen Sieg.

Das Bewusstsein, mit der ersten Dame der Stadt ein Geheimnis zu teilen, das sie der Beherrscherin der Familie vorenthielt, schenkte ihr bisher unbekannte Wonnen. Sie stand auf einem Gipfel und genoss die Aussicht.

»Vielleicht, Grand'maman«, sagte sie heuchlerisch, »vielleicht wenn Sie es selbst bei der Dame versuchen wollten –?« Grand'maman witterte Verrat und wurde böse.

»Ich bin nicht deine Grand'maman! Ihr seid der Schandfleck der Familie. Deine richtige Grand'maman, meine Liebe, verkaufte keine Heringe, sondern getrüffelte Fasanen. Deshalb hatte sie es auch nicht nötig, ein Seidenes unter der Ladenschürze zu tragen. Und jetzt mach, dass du fortkommst!«

Nachdem sich Marraine mit überschwänglicher Freundlichkeit, die verschiedenen Nachstößen zwischen Tür und Angel unverändert standhielt, verabschiedet hatte, griff Grand'maman nach einer Spieluhr und setzte sie in Gang. Sie zirpte leise, beinah zärtlich die *Marseillaise*.

Die Dose gehörte Grand'maman und befand sich gewöhnlich in der Vitrine ihres Zimmers. Gudulas Nichte und Helferin Amanda hatte sie im Speicher gefunden, auf einer halb zertrümmerten Kiste, die teils Flaschen, teils Scherben von Flaschen enthielt. Niemand konnte sagen, wie die Dose dort hingekommen sei, niemand auch, was die von den Dachbalken herabhängenden Gardinen, zwei Säbel und ein Gewehr und andre Merkwürdigkeiten mehr bedeuteten, von denen Amanda unter Aufsicht Gudulas berichtet hatte ... Niemand konnte es sagen? Grand'maman zweifelte nicht im geringsten, dass die von ihr angerufenen Erwachsenen genauso Bescheid wussten wie sie selbst. Die Kinder hatten Theater gespielt, auf gemeine und schauerliche Weise, es war Blut geflossen, die Mennigfarbe am Säbel und an der Serviette bewies es, und dazu hatten sie auch Musik gemacht.

Trotzdem leugneten alle – die Eltern an der Spitze. Die Dummköpfe weigerten sich, Strafen zu verhängen, bevor die Schuld erwiesen sei. Demgegenüber vertrat Grand'maman die strafrechtliche Auffassung, in Fällen wie diesem käme die Schuld immer erst durch die Strafe ans Licht, die deshalb unverzüglich verhängt und nötigenfalls bis zum erfolgten Geständnis verschärft werden müsse.

»Denn, nicht wahr? Hand aufs Herz! Ihr zweifelt doch nicht?«

»Doch«, behaupteten störrisch die Alten, »wir zweifeln.«

»Mir scheint, ihr werdet vor den Jahren kindisch«, sagte die Großmutter und zuckte die Achseln.

Die Kinder merkten, dass die Eltern heimlich zu ihnen hielten, und fest wie eine Mauer mit soviel Schießscharten wie Augen und Münder, verfolgten sie, finster belustigt, die Bemühungen um sie und begutachteten sachverständig die Manövrierkunst der Alten.

Grand'maman wurde eingekreist wie Napoleon bei Sedan. Edouard erfrechte sich sogar, in einer Anwandlung guter Laune anzudeuten, die Theaterrequisiten könnten womöglich aus seiner eigenen Kindheit stammen.

»Armer Junge«, wehrte sie ab. »Du hast nie Theater gespielt.« Das überlegene Lächeln erstarb ihm auf den Lippen.

Als sie sich, nach Marraines Besuch bei Frau Klein, schon beträchtlich erschöpft, darauf zurückzog, was ihre Augen unzweifelhaft gesehen hatten, nämlich die den Staden hinuntergaloppierende Kinderschar und die langsam folgende, verweinte Eva, musste sie sich von Dr. Walter sagen lassen, dafür gebe es eine Erklärung: sie sei einfach das Opfer einer Sinnestäuschung geworden – was in ihrem Alter weder zu Verwunderung noch zu Besorgnis Anlass gebe, er, der Doktor, wünsche sich in ihrem Alter nichts Besseres als ihre Robustheit. »Trotz des schwachen Herzens«, fügte er ernst hinzu. Sie blickte rasch zu ihm auf. Er blieb ernst.

»Ihr seid ärger als Kinder«, zürnte sie. »Die wissen nur halb, was sie tun, ihr aber seid ausgewachsene Teufel. Robustheit! Robustheit! Ich lass mir nichts vormachen. Deine Frau, lieber Edouard, die ist robust – robust wie ein unscheinbarer Luftzug, von dem man die Lungenentzündung bekommt ... So führen sich Eltern auf! Das ist das Ende aller

Gesittung, das Ende der Welt – allgemeine Verwilderung und Barbarei. Ich lasse mir niemand über den Kopf wachsen. Macht gefälligst, dass ihr fortkommt! Ein Menschenauge kann euern Anblick nicht ertragen. Ihr seid schlimmer als Tiere. Die Tiere leiten ihre Jungen zu einem Leben an, wie der Schöpfer es für sie bestimmt hat. Ihr aber verderbt sie mit der Gerissenheit von Teufeln. Und übrigens steckt hinter allem Marie-Louise. Und die war schon immer ein Kindskopf. Deshalb wird sie auch von allem, was Kind ist, angebetet. Von andern weniger.«

»Danke«, murmelte Edouard.

»Danke«, sagte Marie-Louise.

Eine lange Nacht

Wochen später, Marie-Louise war eben eingeschlafen, hatte geträumt, lachte Edouard plötzlich laut auf in seinem Bett: »Gut, dass wir damals mit den Kindern durchgehalten haben! Einmal mussten wir Schluss machen.«

Marie-Louise hob den Kopf aus den Kissen.

»Was ist los?«, fragte sie aufgeschreckt.

»Ein historisches Ereignis! Gerade ist es mir eingefallen ... Ihre erste richtige Niederlage! Großartig ... Leider hat sie sich rasch erholt ... Wie der Doktor sagt: ein von Herzen boshafter Kerl sitzt im Saft seiner Bosheit wie der Embryo im Spiritus. Er hält sich ewig.«

»Wieso? Sprichst du von Grand'maman?«

»Freilich – von wem sonst? Bosheit ist eine Kraft. Sie trotzt dem Tod und der Fäulnis.«

Er lachte. Sie konnte ihn nicht sehen. Im. Zimmer war es so dunkel, dass sie kaum den Ausschnitt des offenen Fensters erkannte, und was er sagte, berührte sie unheimlich.

»Wenn sie stirbt«, sprach sie nachdenklich ... »Ich sage dir, mein Liebling, in ihrer Sterbestunde wird deine Mutter nichts als Weisheit und Güte sein. Mir kommt es vor, als hätte ich im Augenblick von ihr geträumt. Sie starb, wir standen dabei, und sie war wie verklärt.«

Nun war es an ihm zu fragen: »Wieso?« Im Grunde glaubte er nicht, dass Grand'maman je sterben könnte.

»Nun ja – wenn die Kraft, von der du sprichst, sie verlassen hat. Die Schwester meines Vaters war auch herrschsüchtig, dass man es nicht fassen konnte. Es ist viel häufiger bei Frauen, als man glaubt. Und es sind immer sehr leidenschaftliche Frauen, um die es eigentlich schade ist, sie stehen am falschen Platz ... Sie hatte eine Geschichte mit einem Priester, einem hochgebildeten, frommen Mann. Nichts Verbotenes. Er gewann nur einen ungeheuren Einfluss auf sie, und sie, sie war zutraulich zu aller Welt, wie ein Reh, das dem Tiger aus dem Maul frisst – wenn es je so was an Dressur gegeben hat. Da sie alles mit großer Leidenschaft tat, war sie auch leidenschaftlich sanft – und durchscheinend vor Güte. Wer das nicht gesehen hat, sagte mein Vater, weiß nicht, was Frömmigkeit ist ... Dann starb er, in drei Tagen war er tot. Das machte sie verrückt. Wahrscheinlich, weil es so unerwartet kam und so schnell zu Ende ging ... Die reine Bestie ... Sie sagte, Gott habe ihn vergiftet, Gott sei neidisch auf ihn gewesen. Stell dir vor! ... Sie wollte nicht, dass ihre Geschwister beteten – zu einem Giftmörder bete man nicht, und wenn die Menschen ihn nicht mit ihren Gebeten ernährten, hätte er längst die Macht verloren, ihnen zu schaden. Schon Adam und Eva habe er lediglich aus Neid aus dem Paradies vertrieben. Ein glückliches Menschengesicht sei für ihn eine Fratze, die man austilgen müsse ... Und die Arme zeigte die Fratze, als die ein glückliches Gesicht ihrem Gott erschien, sie schnitt entsetzliche Grimassen und erschreckte einen jeden im Haus. In einem Haus, wo es nur fröhliche Gesichter gab! ... Sie wusste sich nicht mehr zu helfen, und wie andre ins Wasser springen, so trat sie in einen strengen Orden ein ...

Erst hieß es, das Kloster wolle sie wieder loswerden, sie sei unerträglich. Aber schließlich wurde sie doch Äbtissin und starb im Geruch der Heiligkeit. Sie hieß Marie-Louise wie ich und war die Lieblingsschwester meines Vaters. Ja, und er – er sah in ihr immer noch das Kind. Als Kind, weißt du, war sie ein Wunder von Anmut und Laune, mit ihren Einfällen machte sie das Alltäglichste zu einem Ereignis. Sie zauberte! Mein Vater sagte, sie hätten bis in ihr sechzehntes Jahr, wenn nicht länger, wie im Märchen gelebt, und Vater war auch der Einzige, der später einigermaßen mit ihr fertig wurde. Sicher bewog er sie auch, ins Kloster zu gehen, indem er es ihr als eine Art wiedergefundener Kindheit darstellte, von wo es gleich in das Märchenhafteste von allem, in den Himmel gehe ... Hörst du noch zu?«

Sie richtete sich in ihrem Bett auf und sprach mit gedämpfter Stimme weiter.

»Ich vermute, weißt du, Grand'maman ist so böse, weil sie sich leidenschaftlich fürchtet ... Sie fürchtet sich vor allen, die jünger sind und sie vermutlich überleben werden. Sie hält sie eben deshalb für stärker und setzt sich mit ihrer Bosheit zur Wehr. Bestimmt! ... Wenn sie sagt, sie lasse sich niemand über den Kopf wachsen, dann sieht sie sich leibhaftig bis an den Hals in der Grube stehen und glaubt, der Nächste werde sie ganz hineinstoßen. Und dann werde Erde über sie fallen, Erde und Finsternis ... Sie weiß: Am unbedenklichsten sind die Kinder ... Sie traut ihnen jede Grausamkeit zu, wenigstens in Gedanken ... Und für Grand'maman sind Gedanken Taten. Sie lebt ja selbst nur in Gedanken. Das ist schlimm! Sie sitzt zwischen den Fenstern ihres Erkers und lebt mit ihrer ganzen, ungeheuren Kraft nur in Gedanken ... Menschen, die nur in Gedanken leben, vergiften sich damit ... Deshalb soll man auch die Kinder spielen lassen. Damit sie sich nicht in Gedanken verzehren ... Meinst du nicht auch?«

»Alles recht und gut«, erwiderte Edouard. »Aber, liebes Kind, ich muss dir sagen: Sie war schon immer so. Außerdem hadert sie nicht mit Gott, sie macht es sich viel bequemer, sie hat sich ein für alle Mal zu seinem Generaladjutanten ernannt. Sie war immer so.«

»Du kannst es nicht wissen ... Du warst fünf Jahre alt, als du deinen Vater verlorst.«

»Da war die Ernennung jedenfalls schon vollzogen. Seit meinem fünften Jahr lebe ich unter ihrem Schrecken.«

Er war vergnügt, als spräche er von einem glücklich überwundenen Zustand: »Hör mal, Edouard! Vielleicht hat sie sich schon viel früher zum Generaladjutanten befördert ... Als sie meinen Vater dabei überraschte, wie er ihre Schwester in den Nacken küsste! Du weißt.«

»Ich weiß.«

»In der Familie wird immer darüber gelächelt. Es war aber eine ganz böse Sache. Sie liebte den Vater und glaubte sich stillschweigend mit ihm verlobt. So wie wir.«

»Wie wir? Kann ich mir nicht denken. Sonst hätte sie ihn gekriegt.«

»Erlaube mal! Wenn ich dich dabei erwischt hätte, wie du meine Schwester auf den Knien schaukelst und in den Nacken küsst und die Person auch noch ruhig sitzen bleibt, während ich erblassend vor euch stehe.«

»Ich mache dich darauf aufmerksam, dass die Person, von der du sprichst, deine Mutter war – oder bald darauf deine Mutter wurde, was auf das Gleiche herauskommt ... Aber du hättest mich trotzdem gekriegt.«

»Du willst sagen: genommen? Na, weißt du! Na, na und schließlich bin ich ja auch nicht Grand'maman.«

Grand'maman hatte sich nämlich damals überlebensgroß gezeigt, beinahe wie das Riesenfräulein auf Burg Niedeck, indem sie die beiden Verbrecher gewissermaßen in ihre Schürze packte.

»Ein artig Spielding!«, ruft sie, »das nehm' ich mit nach Haus.«
Sie kniet nieder, spreitet behänd ihr Tüchlein aus
Und feget mit den Händen, was da sich alles regt,
Zu Haufen in das Tüchlein, das sie zusammenschlägt.

So wanderte sie mit ihnen durch die Stadt und verkündete die Verlobung dieser ihrer Schwester mit diesem Dombaumeister Walter, als wäre es ein neu eingesetztes Kirchenfest. Dann erst ließ sie die ›Kleinchen‹ aus der Schürze springen, ließ sie laufen, aber nur, um die Hochzeit als Fuchsjagd zu betreiben, hoch zu Pferd und mit einer Meute, der die Zungen fingerlang aus dem Halse hingen. Sie fürchtete bis zuletzt, der Bräutigam könnte entwischen und er, sowohl wie die Braut, ihrer lebenslänglichen Strafe entgehen. Dass, nach erreichtem Ziel, ›das Verächtlichste an Mann und Frau, was es gab‹, in der Ehe blühte und anerkannt schöne Früchte hervorbrachte, bereitete ihr keine Enttäuschung. Sie glaubte es nicht und hielt Marie-Louises Eltern bis zu deren Tod für Verdammte, die der Teufel bei aller Verschwiegenheit keinen Augenblick aus der Zange ließ.

»Und du meinst«, fragte Edouard, »wir sollen nun weiter für sie büßen?«

»Wir? Die Menschheit! ... Billiger tut es Grand'maman nicht. Denk nur, die Kränkung, die furchtbare Kränkung, als du dann mich heiratetest, mich, die Tochter des Verräters! Zwei allein sollten genügen, das zu büßen?«

»Wenn ich es mir recht überlege, ist es doch besser geworden – obwohl sie sich dem schönen Beispiel deiner Tante verschloss und nicht ins Kloster ging, sondern nur ein bisschen zu Verwandten aufs Land ... und zu dem Dorftrottel von Pfarrer, der mit offenem Mund unter seinen Pfirsichspalieren schnarcht ... Seitdem du da bist, Marie-Louise, geht es besser.«

»Ich danke dir, mein Lieber ... Sie fürchtet mich auch weniger als die Kinder. Sie weiß, ich überlebe sie nicht.«

Marie-Louise spürte, wie sein Gesicht sich mit einem Schlag veränderte. Sie bedauerte ihre Worte, aber schon glitt seine Traurigkeit wie eine Welle, dunkler als die Finsternis, zu ihr hinüber und vereinte sich mit der Schwermut, die auf dem Grund ihres Wesens lag, seitdem sie aus dem Traum von Grand'mamans Tod aufgeschreckt war.

»Fängst du wieder an?«, sagte er, halb klagend, halb erbittert.

»Warum bloß? Warum? An deiner Krankheit ist keiner gestorben.«

»Nein, das nicht ... Wenigstens nicht so geradezu. Aber ich bin wieder so unruhig, Lieber ... Sicher werde ich bald fortmüssen ... Verzeih mir!«

Er tastete nach ihr, ergriff sie, zog sie zu sich hinüber.

»Ach du! Ich bin doch erst ein Mensch, seitdem ich dich habe ...

Was macht es viel aus, wenn du mal – wenn du mal – fortmusst ...« Er suchte mit zitternden Fingern auf ihrer Brust. »Versprich mir, dass du nie das Medaillon ablegst – nie! Das letzte Mal hat es so schrecklich, lang gedauert, bis du wiederkamst, nur weil du es hier hattest liegen lassen. Niemand weiß dann, wo du hingehörst. Und du auch nicht.«

»Ich lege es nie wieder ab, mein Lieber! Nie. Nie. Ach, Edouard, deine Mutter dürfte noch hundertmal böser sein, wenn ich dafür – das nicht hätte! Die Schande! Die schreckliche Schande! Als ob ich dir davonliefe – dir, mein Liebes, Liebes, mein Herz, mein Schatz, dir.«

Sie weinte still.

»Du kommst ja immer wieder, Marie-Louise. Denk nur an die Freude dann – alle freuen sich, alle. Alle haben dich lieb, gute, kleine Marie-Louise ...«

Er wiegte sie, und allmählich weinte sie sich in Schlaf. Und er hielt sie fest, Stunde um Stunde, aus Angst, sie könnte fortgehen, wenn er sie losließe, und am Morgen wäre es im Bett neben ihm leer. Er zählte die Stundenschläge der Kirchen, die Wilhelmerkirche sprach zu ihm, die Magdalenenkirche, als letzte und gewichtigste das Münster.

Im offenen Fenster wurde es lichter, die Wolken verschwanden, er sah Sterne.

Die Bläue der Nacht ergraute, und langsam begannen die Gegenstände eine Feuchtigkeit abzusondern wie kalten Schweiß. Die Glockenschläge waren Seufzer von Lebensmüden, hallend in einem riesigen Gewölbe. Wilhelmerkirche, Magdalenenkirche – das Münster.

Endlich, mit dem Ruf der Grasmücke, einem reinen, kurzen Laut wie aus einer Glasflöte, huschte ein rosiger Schein durchs Zimmer – ein

Schmetterling, der herumflattert, bis er sich plötzlich setzt und einen stillen Schein um sich verbreitet. Und der Mann, der seine Frau im Arme hielt, aus Angst, sie an unbekannte Mächte zu verlieren, atmete auf. Von den kurzen, eifrig wiederholten Rufen ihrer schwarzköpfigen Schwester verlockt, begann bald danach die rote Grasmücke im Nachbargarten ihr morgenseliges, schwelgendes Lied. Wilhelmerkirche, Magdalenenkirche, das Münster, sie alle hatten ins Leben zurückgefunden.

Als die Schwarzamsel, überlaut vor Eifersucht, sich einmischte, machte Marie-Louise eine Bewegung, als wollte sie ihre Lage verändern. Auch dem Mann hätte es gut getan, seine Lage zu wechseln, sein Arm war abgestorben, er fühlte sich am ganzen Körper zerschlagen wie nach einem Sturz, aber er drückte sie an sich, er hielt sie fest. Sie öffnete große helle Augen, die Augen dunkelten, Marie-Louise erkannte ihn, ernst und nachdenklich, wie vom andern Ufer des Lebens – schlief wieder ein.

Sie schlief unruhig, sie machte immer die gleiche Bewegung von seiner Schulter weg, und einmal stöhnte sie leise.

»Nein«, flüsterte er und hielt sie fest. »Nein, nein ...«

Es war sinnlos, was er tat. Er konnte sie nicht immer so halten, er konnte sie nicht halten, wenn sie fortmusste. Und nun war auch der helle Tag da, hinten im Hof bei den Ställen lärmten die Spatzen, der Tag war da. Er konnte sie nicht lange mehr festhalten, wie er es jetzt noch tat, der Tag war da, der Beruf, die Wege von einem Bauplatz zum andern, das Büro und immer die Frage: »Ist sie noch da?«, die ein Uhrwerk war, dessen lautloses Wirken die Zeit wachsen und an drohender Gewalt zunehmen ließ, statt sie zu verringern. Das Uhrwerk der größeren, der hellen Angst, der einsamen Angst – schon war es im Gang, und er hatte nicht mehr die Kraft zu erschrecken, als seine Stille plötzlich in laute, schwingende Töne ausbrach: Wilhelmerkirche, Magdalenenkirche.

»Bist du noch da?«, fragte er leise, ohne wie gewohnt Antwort zu erwarten, »bist du? ...«

Da erfolgte der Zuspruch des Münsters, tief und bestimmt, er vernahm ihn noch, der Ton, licht und glatt wie Gold, erfüllte ihn mit Vertrauen, mit Leichtsinn, so schlief er ein.

Als er aufwachte, stand sie über ihn gebeugt, das Medaillon baumelte an ihrem Hals. Er schnappte nach dem goldenen Ding, sie beugte sich tiefer, er nahm es zwischen die Lippen. Dann richtete er sich auf und öffnete die flache Kapsel.

»Marie-Louise Schmittlin«, las er halblaut. »Straßburg, Schiffleutstaden, Haus zum Erker. Ich muss schnell heim zu Edouard und Robby.«

Sie nahm es ihm weg und sagte: »Grand'maman sitzt schon im Erker und passt auf. Sie spürt es ... Sie spürt es immer ... Aber ich bin noch da!«

»Vielleicht geht es diesmal vorüber?«, fragte er zögernd.

»Vielleicht ... Gott, wäre das schön!«

»Sicher!«, rief er. »Sicher!«

»Sicher«, sagte auch sie.

Dann holte sie tief Atem und küsste ihn: »Guten Morgen!«

Sie sagte es mit frischer, eiliger Stimme, und als sie fröstelte, verließ mit dem Schauer auch die Erinnerung an die traumschwere Nacht Marie-Louise, fiel von ihr ab wie draußen der Tau von den Sträuchern. Der helle Tag war da, mit der Sonne, den vertrauten Geräuschen der Stadt, der Tag schien ihr ein Schutz, schien Gewissheit.

Er zog sie zu sich herunter und bettete sein Gesicht in den zarten Erdgeruch ihres Körpers. Auch das war Gewissheit – die größte von allen. Eine Zeit lang lagen sie ruhig atmend, kreatürlich dankbar mit gelösten Gliedern. Dann packte ihn von Neuem die Angst. Er umschlang sie, als wollte er sich die Frau einverleiben, sie mit Feuer und Blut sich verbinden, als schlüge er sie in Banden, die keine Macht zu sprengen vermöchte, am allerwenigsten der Tod, dem sie glühend entgegenflogen.

In Roberts Zimmer schrillte der Wecker. Das Uhrwerk wurde abgestellt, und die Stimme des Knaben stieg, wie ein Springbrunnen kühl und frohlockend: »Mutter! ... Der Münsterturm! ... Leuchtend rot!«

Sie wollte antworten, mit einer Stimme, die sich der Knabenstimme gleichgeartet beigesellte, antworten aus einem hellen, nüchtern fröhlichen Winkel ihres Wesens.

Er war verschüttet.

Sie fand nicht hinauf aus der heißen Tiefe, in der sie hingerissen wurde. Eine fremde Verzückung hielt sie gefangen.

Sie stammelte: »Ich bleibe bei euch ... Immer.«

Doch als die Dämmerung mit der Milde der ersten vollkommenen Sommerabende herabsank, war sie fort, und aus den weit geöffneten Fenstern des Hauses am Schiffleutstaden blickten zwei Gestalten, ein Erwachsener und ein Knabe, jeder in einem andern Zimmer, und suchten im letzten Schimmer des Tages ihre Spur.

Grundsätze und
Versuchungen

»Warum hast du der Walterschen Lisa gesagt, dass wir hier in Unfrieden leben?«, fragte Grand'maman, und Robert antwortete: »Weil es wahr ist.«

»So ... Weil es wahr ist ... Willst du mir gefälligst sagen, wo du hier Unfrieden bemerkst? Heute? ... Gestern? ... Bitte, mein Junge ... Vorgestern? Sollen wir bis zu deiner Geburt zurückgehen?«

Robert schwieg. Die Großmutter hatte ihren Gerichtstag wieder einmal gut gewählt, aller Vorteil lag greifbar auf ihrer Seite. Es waren die Tage, da sie sich in der Dankbarkeit der ganzen Familie sonnte. Marie-Louise war heimgekehrt, die üblichen Festlichkeiten hatten gestern ihren Abschluss gefunden, für heute war Aschermittwoch befohlen, aber Große und Kleine fühlten sich vom lauen Atem des Friedens umweht und hegten nur einen Wunsch, den seltenen Gast möglichst lange bei sich zu behalten.

Der Junge versuchte, sich aus der Schlinge zu ziehen, indem er feststellte: »Es ist auch schon lange her, dass ich das zu Lisa gesagt habe.«

Eigentlich war Grand'maman entrüstet, dass er gar nicht zu leugnen versuchte.

»Du sprichst von einer Unwahrheit, von einer Handlung also, die eine niedrige Gesinnung verrät, als wäre es das Selbstverständlichste von der Welt und das Datum allein, wann du sie begangen, von einiger Wichtigkeit. Und das deiner Großmutter mitten ins Gesicht!«

»Soll ich dich beschwindeln?«, meinte Robert, »ich sage, wie es ist.«

»Jetzt handelt es sich nicht darum, ob du mich beschwindeln sollst (was für ein ordinärer Ausdruck!) oder ob du angeblich sagst, wie es ist, sondern darum, dass du deine Großmutter verleumdet und die ganze Stadt angelogen hast.«

Robert riss die Augen auf: »Die ganze Stadt?«

Es waren die warmen, tiefgründigen Augen Marie-Louises, deren Harmlosigkeit Grand'maman neugierig und kampflustig stimmten. Sie verglich sie mit einem Wasser, in dem einer lautlos ertrinken kann, ohne dass man es der Oberfläche ansieht: ›Die spiegelt nach wie vor den Himmel, gewiss doch, die stillen Wässerlein haben das so an sich‹.

»Jawohl, mein Junge«, erklärte sie, »die ganze Stadt. Was du einer Walterschen vorlügst, lügt sie weiter, bis die Stadt es weiß. Vorher gibt es keine Ruhe.«

»Verzeihung, Grand'maman! Lisa ist verschwiegen wie das Grab«, behauptete Robert.

»So. Wie das Grab ... Vielleicht wenn sie drin liegt. Keine Minute früher.«

Gespannt beobachtete sie die Wirkung des Streiches, den sie ihm versetzt hatte. Er war für seine Freunde empfindlicher als für sich selbst, zumal wenn es um Lisa ging, in die er genau so blödsinnig verliebt war wie der arme Edouard in Marie-Louise, und die es sich auch gefallen ließ – nur dass die junge Waltersche die Krallen hervorkehrte, statt sie in ihre Samtpfoten einzuziehen. Und das gerade reizte den Jungen – Grand'maman verstand es nur zu gut.

Sie sah, wie Robert erbleichte und die Hände ballte: ein kleiner Edouard, über den der Jähzorn kommt. Freilich wurde er neuerdings blass statt rot, und zwar, seitdem er mannbar geworden war, ein Umstand, der sie mit einer seltsamen, ihr selbst wohl unverständlichen Befriedigung erfüllte.

Sie fand es vornehmer zu erbleichen, als zu erröten – auch tapferer. Denn wer rot anläuft wie ein Krebs, geht auch rückwärts wie ein Krebs, während der andre gefährlich werden kann in seiner Blässe.

Grand'maman, die gleichsam im Fleisch der Familie knetete und arbeitete, beobachtete ihn genießerisch und nicht ohne Stolz, wusste sie doch, dass der Junge sich, darin dem Vater ungleich, in der Gewalt behalten würde, und in dieser Selbstbeherrschung erblickte sie geradezu die Krönung ihrer Erziehungskunst: Den unbequemsten Erbfehler der Familie Schmittlin hatte sie im Enkel ausgerottet.

So ergriff sie denn seine Hand und sagte beschwichtigend: »Lass nur, mein Junge! Du beherrschst dich wie ein Mann. Du imponierst deiner

Großmutter. Die Lisa ist auch nicht die Schlimmste. Sie gefällt mir. Sie ist ein Kerl. Man weiß wenigstens, woran man mit ihr ist.«

Und jetzt sagte sie etwas, das Robert nie von ihr erwartet hätte. Es verursachte ihm eine körperliche Erschütterung, und als der Stoß vorüber war, blieb eine große Verwirrung zurück. Sie sagte es zögernd, mit einem wunderlichen Lächeln. Sie sagte: »Vielleicht kann ich durch Lisa in dein Herz gelangen?«

Sie nahm seinen Kopf in die Hände und sah ihn an. *Stella matutina*, der Morgenstern ... Ihr Blick strömte wie Himmelsmilch in seine Adern. Et machte sich steif gegen die Milde, die ihn zauberhaft umspann. Er wollte etwas sagen, das den Bann brechen und ihm die Freiheit zurückgeben würde. Er öffnete den Mund, da zog sie ihn an sich, küsste ihn langsam, beinahe feierlich auf die Stirn, die Wangen, die Augen. Er spürte, wie der süßliche Hauch ihres Mundes sich von seinem Gesicht aus über den ganzen Körper verbreitete. Er fühlte ihn auf der Zunge, er schmeckte nach geronnener Milch, nicht mehr süß, sondern sauer. Ihm war, als ob seine Haut vom Kopf zu Füßen wie Milch gerönne. Angewidert drehte er den Kopf weg.

Sie umarmte ihn und flüsterte ihm ins Ohr: »Du darfst dich vor deiner Großmutter nicht ekeln, Kind ... du darfst dich nicht ekeln ... Großmütter sind große Mütter. Verstehst du? Große Mütter! ... Nur Großmütter verstehn zu lieben. Glaube mir, Kind! Alles andre heißt Affenliebe – die Engel verhüllen ihr Gesicht davor ... Ich will dich zu einem Mann machen, zu einem großen Mann! Keiner soll dir über den Kopf wachsen! Strahlend sollst du zwischen den Zwergen einhergehen, ein Kreuzfahrer, ein Ritter. Du musst einer armen, durch Weichheit und Lüge verdorbenen Familie die Ehre wiedergeben ... Wer sollte es denn tun, wenn nicht du! Ich bin zu alt. Ich gebe meine letzte Kraft an dich, sie soll mit dir wachsen – wachsen ...« Sie herzte ihn wie einen Säugling, denn in ihrem Leben hatte sie nie etwas anderes geherzt, und da er ein großer Junge war und beschwerlich zu handhaben, tat sie es mit rührend ungeschickten Bewegungen, die ihm tiefer und tiefer ins Gemüt drangen, ob er sich gleich dagegen sträubte. Vielleicht waren es Erinnerungen aus der frühesten Kindheit, die aufstiegen und ein warmes Dunkel um ihn legten, ihn jeden Gedankens beraubten und ihn nichts andres empfinden ließen als ein ungeheures Wohlsein. Je mehr er in ihren Armen erweichte, um so inbrünstiger wurde ihr Geflüster, sie wiegte sein Herz, und als sie keinen Widerstand mehr wahrnahm, wurde ihr Geflüster zu einem leisen, ganz leisen, zu einem unendlich vorsichtig jubelnden Gesang.

Aber sie war nicht glücklich über die unerwartete Wendung, die ihr erlaubte, sich der Liebe zu dem Enkel zu überlassen. Es war mehr als nur die Liebe zu dem Enkel, alle in der Schöpfung angesammelte Liebe kam mit der Unwiderstehlichkeit eines Dammbruchs über die alte Frau, eine Großmut ohnegleichen hob sie auf den Wellen ihres Atems empor. Aber sie war nicht eine Sekunde lang der Seligkeit gewiss. Sie fühlte sehr stark das Glück, das aus ihr sang, sie besaß es nicht. Sie zitterte vor dem Augenblick, da sie in ihrem Gefühl gestört würde, sie sah sich von einer feindlichen Welt umringt, die darauf lauerte, ihr das Kind aus den Armen und die Freude, in der sie nicht aufgehen konnte, die aber doch in ihr war wie ein Segen, mit einem Ruck aus der Brust zu reißen. Während sie kleine, jubelnde Laute ausstieß, die an ein Schwalbengezwitscher erinnerten, hasste sie, hasste mit einer Kraft, wie nur die Furcht sie kennt, mit einer Gewalt, die stärker war als alle Liebe. Ihr Dasein auf dieser verräterischen Erde, ihr unwahrscheinliches, innerlich so wildes Leben erschien ihr vertan, abgeschieden, gespenstisch, eine krampfhafte Lüge von Anbeginn, sie sang ihr irres Wiegenlied und wäre gern darüber gestorben, damit alles endlich wahr und einfach würde. Und dann verstummte sie.

Als Robert eine Bewegung machte, um sich von ihr loszulösen, hielt sie ihn an den Armen fest und fragte: »Ekelst du dich?«

Bevor er antworten konnte, befahl sie: »Sag' Nein! Du sollst Nein sagen! Lüge – aber sag' Nein!«

»Nein«, stieß er hervor.

»Hast du jetzt gelogen?«

»Nein.«

Sie ließ ihn los, und Großmutter und Enkel blickten aneinander vorbei, glühend vor Scham, als kämen sie aus dunklen und verbotenen Bezirken.

Er hielt bereits den Türgriff in der Hand, da rief sie ihm nach: »Leben wir hier in Unfrieden?«

»Nein«, rief er in höchster Beklemmung.

»Dann sag es der Lisa, damit sie es der Stadt weitererzählt.«

Das Leben des Kindes besteht zur Hälfte aus seinem eigenen, unverfälschten Dasein, zur andern aus einer Parodie der Erwachsenen. Da seine Selbstkontrolle gering ist, vollzieht sich seine Entwicklung sprunghaft, nicht gradlinig. Nach Rückfällen von mehr oder minder langer Dauer in einen Zustand, den man überwunden glaubte, folgen überraschende Aufbrüche, was bisher galt, scheint verworfen: Das Kind bewegt sich triebhaft in einer bestimmten Richtung, von der es plötzlich ohne ersichtlichen Grund wiederum ablässt. Das logische Gerüst wird dem Kindesleben erst nachträglich eingebaut, von Erwachsenen, die längst die Unschuld des Wilden verloren haben.

Es ist der ungeheuerliche Reiz der Kindheit, dass sie die Vergangenheit der Menschheit darstellt, in Wesen verkörpert, denen wir notgedrungen auferlegen, für die Gesittung, also gegen sich selbst, im Dienst ihrer eigenen Unterwerfung und Entzauberung zu leben – eine Welt, in der die meisten, kaum dass sie ihr entwachsen sind, sich nicht wiedererkennen. Von keinem fernen Land kommst du so weit zurück wie von deiner Kindheit. Alles echte Gefühl, alle Ursprünglichkeit (das Wort besagt es), die du in die Wüste der Erwachsenen hinüberrettest, stammt aus verschütteten Quellen. Einst war deine Welt im Übermaß mit ihrer Frische gesegnet.

Das Kind wächst nicht auf wie eine Pflanze, nicht einmal wie ein Tier – so glücklich ist es nicht. Sehr früh empfindet es den erbarmungslosen Druck, den die Gesellschaft auf das Stück Wildheit in ihm ausübt, und schützt sich, wie die Schwächeren sich von jeher geschützt haben. Unter den Kindern gibt es reine Genies, alle aber sind tragische Helden, dem sicheren Untergang geweiht. Wie viel Anstrengungen sind nötig, um aus dem einmaligen Fall, dem Ausbund von Einbildungskraft und Erfinderglück, dem Kind, einen Angestellten zu machen! Als Trost lässt sich sagen, dass auch der größte Dummkopf unter uns einmal ein Kind war, und wenn du einem eigenartigen Menschen begegnest, so kannst du gewiss sein, dass er einen großen Sieg errungen hat, der ihn wie ein Glanz aus einer fremden Welt umgibt: Es ist der Gesellschaft nicht gelungen, das Kind in ihm zu ermorden.

Ein unglückliches Kind ist eines, das (ob gut oder schlecht veranlagt, ob arm oder reich, ob von Natur schwermütig oder heiter) nicht Kind genug sein darf. Alle andern Bezeichnungen treffen daneben, weil sie den Forderungen und Erfahrungen der Erwachsenen entnommen sind.

Die erste Rebellion des Kindes heißt: die Lüge. Sie hat alle andern Revolutionen im Gefolge.

Da ist immer jemand, der auf die Lüge des Kindes lauert, da ist immer noch die Schlange aus dem Garten Eden. Da ist jemand, der weiß, du kannst ohne Lüge nicht leben. Und tatsächlich scheint die Lüge nicht, wie geschrieben steht, der Tod, sondern im Gegenteil das Leben. Während dein Erzieher in dir die Lüge verfolgt, die nur dir allein von Nutzen ist, lehrt er dich die Lüge, die der Sippe, der Gemeinschaft nützt. Er lehrt dich die Gemeinschaft, er lehrt dich das Leben, er lehrt dich die gute Lüge. Dein mangelndes Unterscheidungsvermögen zwischen Gut und Böse bereitet ihm Qualen. Denn es ist nicht *dein* ›Gut‹, *dein* ›Böse‹, das er dir einbläut. Es kommt auf die Härte deines Schädels an, wie lange du brauchst, um das Gesetz zu begreifen. Den Umfang der Vergewaltigung ermisst du aber erst, wenn du selbst so weit bist, dass du Kinder erziehst. Und dann hältst du es mehr oder weniger, wie man es in deiner Kindheit mit dir gehalten hat. Wir lernen ebenso wenig von unsrer Kindheit wie die Völker aus ihrer Geschichte. Was tun? Wenn wir das Kind von der Familie befreien, überliefern wir es noch viel gefährlicheren Mächten. Großmutter Schmittlin war eine kluge Frau und wusste auch darüber ziemlich Bescheid. Sollte sie deshalb ruhig zusehen, wie ihr Enkel die Grundpfeiler der menschlichen Gesittung bedrohte? Natürlich fürchtete sie weniger für die Gesittung als für den Enkel, der sich dagegen empörte. In der zivilisierten Welt ist ein Wilder verloren. Die Welt wird nicht ruhen, ehe sie ihm; nicht die Knochen im Leib zerbrochen hat. Der Gedanke an den blutigen Kürassiersäbel verließ sie nicht mehr, solange es her war, dass Amanda ihn triumphierend vorgezeigt hatte. Mit Schaudern malte sie sich die Schlacht aus, an deren grausigem Spiel sich die Kinder im Speicher ergötzt hatten, die zerschmetterten Weinflaschen klangen ihr noch immer in den Ohren. Über den Vermögensverlust, den die Trümmer darstellten, hatten erbitterte Auseinandersetzungen mit Edouard stattgefunden. Auch dies vergaß sie nicht, denn dabei hatte sich der Leichtsinn des Sohnes, dem ihr Vermögen anvertraut war, in haarsträubender Weise erwiesen. Er hatte ihr einfach ins Gesicht gelacht! In ihren Träumen sah sie ihn dastehn und lachen ...

Zu diesen Bildern trat jetzt noch ein andres hinzu: der grausame Zug in Roberts Gesicht, mit dem er auf ihre Frage, ob er sich vor ihr ekle, Nein gesagt hatte und auf die folgenden Fragen immer nur: nein, kurz und heftig, als ob er sie sich mit einem verächtlichen Stoß vom Leibe halte. Gleichzeitig gefiel ihr der Anflug von Gewalttätigkeit an ihm, sie empfand ihn als männlich, und nur die Richtung, in der sich der Wille bewegte, schien ihr verkehrt. Wenn er nicht umkehrt, dachte sie, endet er auf der Barrikade oder auf dem Schafott. Sie wünschte ihm eine bürgerliche Laufbahn.

Während Grand'maman solchermaßen die Überlegenheit des geborenen Feldherrn wiederfand und auf ihrem Platz im Erker damit beschäftigt war, die zersprengten Truppen neu zu ordnen, suchte Robert die beiden Höfe nach den Schlupfwinkeln ab, in denen die Kinder früher Versteck gespielt hatten. Er wusste nicht recht, wollte er sich selbst verstecken oder andre aus ihren Verstecken heraustreiben. In diesem und jenem dunklen Loch verweilte er länger und versenkte sich in die Erinnerung an die Umarmung der Großmutter. Die alte Frau, dunkel gegen die hellen Fenster des Erkers, wurde größer und größer, sie wuchs wie ein Schattenbild, dessen Gegenstand näher kommt. Eine Riesin, viel größer als der Erker, der sie nicht mehr fasste, hob ihn mit einer schwarz durch das Zimmer fegenden Armbewegung empor und steckte ihn in ihre Schürze. Eine Weile, er hielt atemlos still, streichelte sie ihn – ähnlich wie sie manchmal Gudulas Katze, die sie für gewöhnlich verabscheute, auf ihren Schoß nahm und mit steifen Fingern durch ihr Haar strich, bis es knisterte.

Als er es im Geiste knistern hörte, schüttelte er sich angewidert, sprang auf, lief weiter. Die Gestalt hörte nicht auf zu wachsen, sie büßte die menschlichen Züge ein und wurde zu einem Ungeheuer, das finster und unbeweglich vor der untergehenden Sonne hockte.

Auf der Treppe zum oberen Speicher begegnete er Emils Vater, einem älteren, etwas fetten Männchen. Der Polier kam großartig die Treppe herunter, als Vorturner der Arbeiterriege *Vorwärts*, der er vor zehn Jahren gewesen war – Robert hatte ihn noch nie in diesem Aufzug gesehen. Er trug weiße Hosen und Turnschuhe, Hose wie Schuhe waren sichtlich zu eng, aber seine Schritte federten, auf jeder Stufe schien er zum Absprung anzusetzen, als wollte er die Treppe hinunterfliegen. Ein Lederriemen hielt die Hosen auf den prallen Hüften fest, und die Schnalle blitzte.

Erst dachte Robert: Er wird droben ein bisschen geturnt haben.

Gleich darauf kam ihm ein andrer Gedanke. Der Zimmermann blieb zögernd stehen, und als Robert sich wortlos an ihm vorbeidrückte, hüstelte er und sagte sehr laut: »Guten Tag, Robert!« Der Junge warf einen Blick zurück auf das ergrauende Haar, das der Polier sauber und gebrauchsfertig als Schuhbürste trug, trat einen Schritt in den Speicher hinein und wartete, bis die Schritte verklungen waren.

Auf den Fußspitzen schlich er weiter. Ein Sonnenstrahl, der durch eine der Dachluken fiel, bildete eine Wand aus flimmerndem Goldstaub. Sie reichte vom Boden bis unter das Dach. Offenbar hatte der Wind sich damit vergnügt, die draußen herumfliegenden Pollen der Weidenkätzchen zu sammeln, um an einem stillen Ort eine Mauer daraus zu machen, und Robert, in einem Vorgefühl von Grauen und Wonne, schritt wie durch ein Tor zum geahnten Geheimnis.

Er entdeckte sie hinter den Kulissen des Theaters. Die alten Säcke, die einst zur naturgetreuen Nachahmung einer Pyramide gedient hatten, bildeten ein Lager, und dem Jungen leuchtete plötzlich ein, was das rätselhafte Wort ›Lotterbett‹ bedeutete. Auf dem Lotterbett lag Amanda. Als sie ihn erblickte, richtete sie sich auf und zog hastig den Rock über die Knie.

Nach dem Abendessen ließ Grand'maman ihn zu sich ans Bett kommen und legte ihm Folgendes dar:»Selbst, wenn es wahr wäre, dass wir in Unfrieden leben, dürftest du es nicht sagen. Du blamierst deine Familie, du gibst sie dem Gespött und der üblen Nachrede preis. Du hast zu deiner Familie zu halten. Und damit basta. Sie ist dein einziger, wirklicher Freund, der einzige, auf den du dich verlassen kannst, wenn es schiefgeht. Alle andern lauern darauf, dir zu schaden. Jede Familie muss sehen, ihre eigenen Angehörigen vorwärtszubringen, nicht die einer andern Familie, denn die stehen den eigenen Leuten im Weg. So viel Platz gibt es nicht auf der Welt, dass es allen gut gehen könnte. Mein armes Kind, das Leben ist eine einzige Rauferei, jeder will es gut haben, hörst du? Jeder, und jeder guckt jeden einzig und allein darauf an, ob er ihm zur Erreichung seines Zieles behilflich sein kann. Es kommt darauf an, wer den andern ausnutzt. Und in dem Handgemenge, mein Kind, gibt es nur eine sichere Stütze für dich, das ist deine Familie. Wenn du deine Familie verrätst, verrätst du dich.«

»Verrate ich meine Familie, wenn ich die Wahrheit sage?«, fragte Robert.

»Jawohl, das tust du. Du schadest uns und damit dir. Verstehst du das nicht?«

»Nein, Grand'maman. Eine Lüge ist eine Lüge.«

»Und ein Dummkopf ist ein Dummkopf. Mach gefälligst, dass du fortkommst.«

Es war hoffnungslos.

Das Waltersche Blut hatte die Rasse verdorben.

Abenteuer der Lüge

Wie lange mochte es her sein, dass Robert unschuldig der Lüge geziehen worden war? Vielleicht Monate, vielleicht Jahre. Jedenfalls war ihm bis zu diesem Zeitpunkt die Lüge fremd geblieben.

Aber die Lüge, die Lüge als solche, die Lüge als seltsames Phänomen begann nun Robert anzuziehen. Sie eröffnete ihm ungeahnte Möglichkeiten. Er versuchte es, erst im Kleinen – sie schmeckte wie Bonbons, die giftig aussehen und doch ehrlich süß sind. Aber der Auftritt mit Grand'maman hatte seinen Geschmack verdorben. Es verlangte ihn nicht nach Süßem, sondern nach Bitterem, das einen tiefen, tiefen Beigeschmack von Süße hat. Schöner als zu lügen war es, unschuldig der Lüge geziehen zu werden, und so suchte er nach Gelegenheiten, das Leiden, das ihm bei jenem Tischgespräch und erst recht im Nachgenuss so tief ins Fleisch geschnitten hatte, zu erneuern und womöglich zu vermehren. Dabei erfüllte ihn ein düsterer Glanz, eine Überlegenheit über ›jene, die nicht wissen‹, ein Hochmut, den er um so stärker empfand, als er ihn tief in sich versteckte, und dessen Kraft sich bis zum Rausche steigern konnte.

Sofern die Anlässe sich nicht von selbst einstellten, schuf er sie, indem er sich dieses und jenes Vergehens bezichtigte und die Strafe mit verhaltener Leidenschaft über sich ergehen ließ.

Das Glücksgefühl rührte nicht zuletzt daher, dass er sich im Verlauf des Strafgerichts am eigenen Feuer erhitzte und zu seiner Verwunderung eine bedeutende Erfindungsgabe entwickelte. Das Vergehen, dessen er sich meist aufs Geratewohl anklagte, pflegte nämlich erst durch das Spiel von Frage und Antwort Gestalt zu gewinnen, es musste gewissermaßen im Stegreif zu einer richtigen Geschichte ausgebaut werden – ein viel kühneres Beginnen, als es das ernsthafteste Verbrechen gewesen wäre, etwa dass man auf dem Brückengeländer lief oder den ›kleinen Walter‹ im Halbdunkel des Torweges ansprach oder im hintersten Winkel des Nachttisches eine Lisa geraubte Haarschleife aufbewahrte.

Marie-Louise hatte ihren Sohn längst durchschaut. Sie ließ ihn aber nicht nur gewähren, sie unterstützte ihn im Stillen und bewahrte ihn vor empfindlichen Strafen, obwohl sich Robert durch körperliche Züchtigung gewiss nicht von seinem Dulderweg hätte abbringen lassen. Eher lässt sich das Gegenteil vermuten. Bei mancher besonders dramatischen Steigerung hätte sie den natürlichen Höhepunkt gebildet, und es kam vor, dass Robert sie aufrichtig vermisste.

Marie-Louise bereitete es eine Genugtuung, zu sehen, wie die Weisheit der Gewalthaber Prüfungen unterzogen wurde, die notwendigerweise zu ihren Ungunsten verliefen. Denn in den sehr seltenen Fällen, in denen der Schwindel herauskam, zum Beispiel, als der Junge den Verlust einer vom Zimmermädchen zerschlagenen, kostbaren Vase auf sich nahm, lag der Lüge (wer wollte es leugnen?) ein edler Trieb zugrunde, und wenn sich einer schämen musste, so war es die Großmutter, deren hochnotpeinliche Untersuchung ein klägliches Ende nahm. Freilich tat sie niemand den Gefallen. Statt vor so viel Nächstenliebe zu erschauern, kam sie auf die zwar irrtümliche, aber gar nicht dumme Vermutung, Robert mische angebliche und tatsächliche Vergehen absichtlich durcheinander, um diese hinter jenen verschwinden zu lassen. Und sie behauptete, hierbei habe man es mit einem geläufigen Kniff Satans zu tun, und die Weltgeschichte sei voll von seinen Listen.

Vater Schmittlin, von Marie-Louise zwar nicht geradezu aufgeklärt, aber doch in halbes Licht gesetzt, beteiligte sich nicht mehr an den Sitzungen der Inquisition, seitdem er einmal Zweifel an der Wirksamkeit von Grand'mamans Untersuchungsmethoden geäußert hatte und sie ihm mit der Bemerkung über den Mund gefahren war: Von einem der beiden Eltern müsse der unglückselige Junge es doch wohl haben, und damit stehe Edouards Voreingenommenheit außer Frage.

Wie es dem Wachstum seiner Einbildungskraft entsprach, genoss Robert die Wonnen des zu Unrecht Verfolgten allmählich mit soviel Ungestüm, dass Grand'maman alle andern Unvollkommenheiten der Welt einschließlich des ›kleinen Walter‹ vergaß und ihre ganze Kraft in die Bekämpfung der über ihre Familie hereingebrochenen ›Pest‹ setzte. Sie verordnete die gleichen Maßnahmen, mit der man die Geißel der Menschheit in den Welthäfen niederzuhalten sucht.

96

Um das Haus wurde ein ›sanitärer Kordon‹ gezogen und über Roberts Kameraden eine ›Quarantäne‹ verhängt. Ja, Grand'maman nannte die Dinge beim Namen, und sie unterließ es auch nicht, in ihre gegenwärtigen Besorgnisse erschreckende Einzelheiten aus früheren Pestzeiten einzuflechten.

Die Wache nach der Straße zu versah Grand'maman, Hof und Treppe unterstanden der Aufsicht der Köchin Gudula, einer älteren Person, deren Gestalt, lang und hager, wie sie war, mit der Axt aus Hartholz herausgehauen schien. Einmal war die Axt ausgeglitten. Gudula fehlte ein Ohr. Statt des fehlenden Ohres hatte sie ein rotes Loch im Kopf, das Robert noch immer mit einer Mischung von Grauen und Neugier betrachtete. Das schmutzig-weiße Haar war zurückgekämmt, um das Loch frei zu lassen. Auf dem richtigen Ohr war Gudula taub, weshalb es auch als überflüssig unter den Haaren versteckt blieb. Den Kundschafterdienst bei Beginn und Ende der Schule besorgte Gudulas Nichte, die mit ihr zusammen den Schmittlinschen Haushalt versah. Amanda war selbst noch ein halbes Kind, sechzehn oder siebzehn Jahre alt, überaus hässlich und dementsprechend voller Eifer als Spion. Sie galt, wie ihre Tante gern behauptete, bei den Männern für eingebildet – »eingebildet wie eine Heilige«, sagte Gudula. Die Tante schrieb es dem Namen zu. Ihr selbst war es in ihrer Jugend nicht anders ergangen. Sie stammten aus einer stolzen Familie, die zur Zeit des großen Napoleon bessere Tage gekannt hatte.

Ein Großonkel war nach der Schlacht an der Moskwa vom Kaiser zum Oberst befördert und eigenhändig mit dem Kreuz der Ehrenlegion ausgezeichnet worden. Das Kreuz mit dem roten Band hing eingerahmt in Gudulas Mansarde am Fußende des Bettes. Am Kopfende hing ein Kruzifix aus Elfenbein zwischen zwei Kürassiersäbeln. Mehr war vom Glanz der Familie nicht geblieben. Ohne das Dazwischentreten Gudulas hätte Amanda den Verlust der kostbaren Vase auf Robert sitzen lassen. Warum auch nicht, da er es offenbar so haben wollte! Warum aber wollte er es so haben? Darüber hatte Amanda, nachdem ihr von Grand'maman zwei Monatslöhne abgezogen worden waren, nachgedacht und ihren viel zu kleinen Kopf nicht wenig angestrengt. Sie war zu dem Schluss gekommen, dass der Junge sündhaft in sie verliebt sei, und nachts stand sie vor dem Spiegel, die Kerze in der Hand, und schwur sich in ihr armes hässliches Gesicht, die Neigung zu erwidern. Als sie den Auftrag der Großmutter begriffen hatte, konnte sie vor lauter Freude nur durch blödes Grinsen ihr Einverständnis erklären. Dann lief sie in ihre Kammer, warf sich aufs Bett und schrie vor Seligkeit.

»Ich bin heimlich verlobt«, sagte sie am Abend zu Gudula, nachdem die Küche aufgeräumt war und sie einander wie gewohnt am gescheuerten Tisch gegenübersaßen. Gudula blickte von ihrem Gebetbuch auf und fragte: »Mit wem, du armes Kind?«

»Du wirst es nie erfahren«, antwortete Amanda, bückte sich und biss in die Tischkante.

Zu Roberts Glück grenzte Amandas angeborene Lügenhaftigkeit an Geisterseherei. Es war ihm untersagt, außerhalb der Schule mit Kameraden zu sprechen, ein sinnloses Verbot, das er auf das Gewissenhafteste einhielt. Für Grand'maman hatte es immerhin den Vorzug, dass seine Befolgung im Gegensatz zu dem, was in der Schule geschah, festgestellt werden konnte, weshalb sie es auch trotz kritischen Gelächters in der Familie ›als Prüfstein für den Gehorsam‹ aufrechterhielt.

Gerade auf dem Schulweg begann nun Robert auf einmal mit Abenteuern gesegnet zu werden, die er weder bestanden noch erfunden hatte und die ihn, so oft sie ihm vorgehalten wurden, jedes Mal wieder ehrlich verblüfften – bevor er sie sich unter den Beschwörungen Grand'mamans, sein Gewissen durch ein freimütiges Geständnis zu erleichtern, mit Hingebung zu eigen machte. Da gingen Kameraden an ihm vorbei und ließen einen Zettel fallen, den er schnell aufhob, die Bedürfnisanstalt an der Wilhelmerbrücke sah trotzige Versammlungen unter ihrem Wellblechdach, er warf Mädchen, die auf der Elektrischen vorbeifuhren, Kusshände zu, die sie schamlos erwiderten, und einmal sandte Lisa ihm mithilfe einer Gummischleuder über die Ill hinweg eine Botschaft vor die freudig stolpernden Füße. Robert fragte sich nur, wo die Großmutter die Geschichten alle hernahm, und wusste nicht, wen er mehr bewundern sollte, den Erfinder der Abenteuer oder sich selbst, der die gelieferte Skizze prächtig auszuführen verstand. Es war Lisa, die den lügenhaften Spion entdeckte, und sie ließ Robert durch ihren Bruder Ferdinand benachrichtigen.

Beileibe nicht, um das Scheusal zu widerlegen, lediglich zur Erhöhung der Spannung ließ sich Robert von jetzt an in einigem Abstand von Schulkameraden begleiten. Sie waren eingeweiht und hielten Augen und Ohren offen. Lisa, von ihrem Zufallstreffer entzückt, bezog am Nachmittag, der für die Mädchen schulfrei war, Punkt vier

Uhr den Schussplatz am hochgelegenen Fenster und passte auf, und als die Dinge sich infolge von Amandas Verschlagenheit zuspitzten, zog sie als vereidigte Zeugin für den erwarteten Blattschuss ihre Mutter bei. So wandelte Robert, ein kleiner Heiliger, von höchster Stelle begutachtet, in einer Prozession über die Wilhelmerbrücke und den Schiffleutstaden und blickte weder rechts noch links, sondern geradeaus nach dem Erker.

Die Großmutter stellte fest, dass eine große Anzahl von Roberts Klassenkameraden seit Kurzem den Heimweg über den Staden einschlug, griff auch den einen und andern, den sie kannte, heraus und wies nach, dass der Bursche sich einen Umweg anmaße, und legte das Unterfangen als freche Herausforderung aus. Eingreifen konnte sie aber erst, als die Verhöhnung ihrer erzieherischen Absichten klar zutage trat. Das hässliche Mädchen wurde beim Verlassen eines Ladens, in dem sie vorsorglich etwas eingekauft hatte, von Lisas Bruder Ferdinand erkannt und von der Bande ein weites Stück bis zu ›dem Brand ein Ende‹ gejagt, wo sie in die Hände ihrer Verfolger fiel. Sie behauptete, die jungen Herren hätten sie misshandelt, bis die Polizei gekommen sei, und ihr dann aufgetragen, die ›Olle‹ zu grüßen und ihr zu bestellen, sie sei ›rundum gepickt‹.

Dazu wies sie verschiedene blaue Flecken an den Armen vor. Die Großmutter, kopflos vor Entsetzen, schenkte ihr eine halbe Mark und ordnete an, dass Robert heute noch (es war ein Samstag) zur Beichte ginge. Gegen so viel Verworfenheit konnte der liebe Gott allein vielleicht noch etwas ausrichten. Da Marie-Louise, aus dem Schamgefühl der heimlich Mitverschworenen heraus, die Begleitung ablehnte, wurde Gudula zu dem Gang befohlen. Robert muss sich sonntäglich kleiden, die Figur aus Hartholz ebenfalls.

Zur festgesetzten Stunde erschien Gudula in einem wollenen himmelblauen Gewand, kniff den Mund und nahm Robert in Verwahrung. Grand'maman sah sie mit Männerschritten den Staden hinabmarschieren und alle Augenblicke den Kopf nach Robert hinwenden, der mit mürrischem Rücken hinter ihr herging.

Die Beichte verlief nicht, wie der Junge gedacht hatte. Statt sich von dem kleinen, von Selbstzufriedenheit geblähten Heiligen die Sünden der Großmutter aufzählen zu lassen und sich darüber zu entrüsten, ging der Priester mit peinlicher Genauigkeit die Ereignisse durch und deckte die Fallstricke auf, in die Robert seine gute Grand'maman hatte fallen lassen, und bestritt überhaupt die Notwendigkeit für einen Christenmenschen, seine Unschuld durch Lügen zu erhärten. Lüge sei Lüge, wiederholte er, und die bösartige Absicht des Lügners in diesem Falle unverkennbar. Zerknirscht machte sich der Junge hinter der mächtig ausschreitenden Gudula auf den Heimweg.

Zu Hause erwartete Robert eine Katastrophe, die seinem scheinheiligen Lebenswandel auch dann ein Ende gemacht hätte, wenn die Ermahnungen des Priesters etwa in Vergessenheit geraten wären.

Das hässliche Mädchen, das dem Beichtkind und seiner Behüterin nachgeschlichen war, hatte Grand'maman bereits gemeldet: Beim Verlassen des Münsters durch das Pförtchen auf der Nordseite habe Robert die Gudula vorausgehen lassen, worauf er die Münstergasse hinuntergelaufen und in die Judengasse eingebogen sei, was er dort getrieben habe, konnte sie nicht sagen, sie wusste nur, dass in der Judengasse sein Schatz wohnte.

»Die Eva?«, rief die Großmutter.

»Kann schon sein«, meinte Amanda,

»Aber die wohnt doch in der Brandgasse!«

»Kann schon sein. Aber treffen tun sie sich in der Judengasse.«

»Warum gerade in der Judengasse?«, forschte die Großmutter.

»Ja, da gibt's eine Likörstube. Von außen sieht man nichts. Die Vorhänge sind zu.«

»Da kommen sie«, sagte Grand'maman.

Amanda, in deren kleinem Kopf der Gedanke an Gudula bisher keinen Platz gehabt hatte, beeilte sich zu erklären, dass Robert auf dem Stephansplatz wieder zu Gudula gestoßen sei, ohne dass diese von der ganzen Sache etwas gemerkt habe. Dann hüpfte sie beseligt in die Küche, und als die beiden zur Großmutter ins Zimmer getreten waren, schlich sie an die Tür und lauschte.

»Was hast du in der Likörstube gemacht?«, herrschte Grand'maman ihren Enkel an.

»Nichts«, sagte Robert.

»Er lügt schon wieder«, stöhnte sie und begann verzweifelt mit dem Kopf zu schütteln.

»Gleich nach der Beichte! Junge! Gleich nach der Beichte! Er treibt Schindluder mit dem lieben Gott, Gudula! Es ist nichts zu machen. Er muss in eine Besserungsanstalt.«

Gudula kniff die Lippen und blickte streng auf Robert hinunter.

Das Schütteln nahm kein Ende.

»Wozu habe ich dich denn mitgeschickt, Gudula«, meckerte die Alte.

»Du kannst dir einen andern Platz suchen, du bist gekündigt. Hinaus mit euch!«

Robert stellte sich in seinem Zimmer ans Fenster, schaute zum Münsterturm hinüber und dachte schadenfroh an den Beichtvater und die Fallstricke, in die er, Robert, die arme Grand'maman locke, und dass Lüge Lüge sei und seine bösartige Absicht unverkennbar – und sein Gerechtigkeitsgefühl befahl ihm, von den zwanzig Vaterunsern der Buße die Hälfte zu streichen. Sogar im Beichtstuhl war er seines Lebens nicht sicher!

Im Verlauf des Nachmittags dämmerte der ganz verstörten Gudula, dass etwas an der sonst: wie ein Uhrwerk geregelten Welt mutwillig in Unordnung gebracht worden sei. Während sie nachdachte, hing Amanda mit leuchtenden Augen an ihr und verfolgte jede ihrer Bewegungen.

»Kind, hast du mir nichts zu sagen?«, fragte Gudula zwei- oder dreimal.

»Was denn, Tante?«, versetzte jedes Mal erwartungsvoll strahlend das Mädchen.

Am Abend, die Küche war aufgeräumt und der Tisch gescheuert, schloss sich Gudula mit der Nichte ein und ergriff die Klopfpeitsche, mit der die Teppiche gestäubt wurden. Beim ersten Hieb duckte sich Amanda und biss in die Tischkante. Solange die Hiebe auf sie niedersausten, verharrte sie in dieser Stellung, ohne einen Laut von sich zu geben, und als Gudula den Arm ermattet sinken ließ und sich zu ihrem Gebetbuch setzte, richtete sie sich auf und sah mit verzerrtem Lächeln auf die Tante.

Gudula nickte ihr zu, betete ein Stückchen, und als sie wieder zu Atem gekommen war, legte sie ein Zeichen in das Buch und schloss es. Amanda schlug rasch ihr Gebiss in die Tischkante, und Gudula bearbeitete sie mit der Klopfpeitsche. Darauf kehrte sie wortlos zu ihrem Gebetbuch zurück. Amanda richtete sich auf und blickte sie an. Sie lächelte nicht mehr. Unverhohlener Hass stand in ihren Zügen.

Beim dritten Gang traf Gudula die Nase des Mädchens. Als Amanda Blut sah, ließen ihre starken Zähne den Tisch los, und sie brüllte wie ein Tier. Gudula reichte ihr ein nasses Taschentuch, stellte sich mit der Klopfpeitsche neben sie auf und sagte kurzatmig: »So, mein Kind. Jetzt sprich!«

Und Amanda sprach.

Grand'maman, im weißen Spitzenhemd und Spitzenhaube, saß unbeschäftigt in ihrem Doppelbett und sah Gudula ohne Überraschung eintreten. Sie hatte sie erwartet. Wer lässt sich nach dreißig Dienstjahren einfach auf die Straße setzen! Etwa die Enkelin eines napoleonischen Obersten? Grand'mamans Nase lächelte spitz. Sie hatte sich auf ein schweres Treffen gefasst gemacht und hielt hinter ihren unbesieglichen Waffen die Friedensbedingungen bereit. Aber der erste Blick belehrte sie, dass es Neuigkeiten gab – sie hob die Nase, die plötzlich ernst und scharf wurde wie ein Messer.

Gudula marschierte stracks auf das Bett los, nahm dicht neben ihm Aufstellung, das rote Loch im Kopf zur Großmutter gewendet, und gab mit lauter, getragener Stimme folgende Erklärung ab: »Es ist alles verlogen, möchte ich nur gesagt haben. Der junge Herr führt uns an der Nase herum. Das kleine Mistvieh ist verschossen in ihn und hilft ihm. Dreihundertfünfundsechzig Teufel lügen aus ihrem stinkenden Mund – das macht einen auf den Tag. Ich hab' sie ihr ausgetrieben, möchte ich nur gesagt haben. Einen nach dem andern. Dreihundertfünfundsechzig Stück ... Jetzt sagt sie die reine Wahrheit. Die ist auch danach. Ich empfehle das Gleiche mit dem jungen Herrn zu probieren. Und alles wäre in Ordnung.«

»Setze dich, meine Tochter«, befahl Grand'maman.

Gudulas langer Arm holte einen Stuhl herbei, sie setzte sich schief zum Bett, den Blick in die Ferne gerichtet.

»Ich spüre«, sprach die alte Herrin, »wie die Schwefeldämpfe der Hölle sich hier ausbreiten. Wahrscheinlich hat der Teufel die Hand im Spiel.«

»Die Klopfpeitsche!«, rief Gudula.

»Willst du ihn schlagen?«, erkundigte sich Grand'maman.

»Ich?« Gudula war entsetzt.

»Na also, die andern tun's auch nicht.«

Nach gründlicher Prüfung der Tatbestände wurde Gudula gnädig entlassen und Edouard und Marie-Louise zur Beratung befohlen. Als die Zehnuhrglocke vom Münster läutete und die Stadt bis in den letzten Winkel mit ihrem traulichen Brummen erfüllte, waren die Verhandlungen im geräumigen Hofzimmer, in dem Grand'maman geboren war und in dem sie, wie sie auch jetzt betonte, ›in Frieden zu sterben wünschte‹, so weit fortgeschritten, dass die Beteiligten sich schweigend ihrer Müdigkeit hingeben durften. Minutenlang schnitten sie mit großem Ernst die komischsten Grimassen, um ihr Gähnen zu verbergen. Schließlich gurgelte Grand'maman freimütig einen kleinen Triller und sagte, indem sie sich zum Schlafen zurechtrückte: »Löscht Feuer und Licht, meine Lieben ... Ein furchtbarer Tag liegt hinter uns, Robby kommt also ins Konvikt. Ihr habt gebeten, dass wir vorher die engere Familie befragen. Soll geschehen. Aber ihr wisst ja selbst keinen besseren Rat. Sagt, bitte, wohin soll das führen? Wir werden alle miteinander nicht mit ihm fertig. Er glaubt, er kann uns allen auf der Nase herumtanzen. Er irrt sich nicht. Oh, er ist klug wie die Schlangen, aber nur scheinbar so sanft wie die Tauben, oder es sind Waltersche Tauben. Hilft nichts! Er muss fremde Zucht spüren, der gute Junge. Ich werde ihn selbst am meisten vermissen ... Vielleicht, wer weiß, wird er noch fromm ... Er hat es bloß verkehrt angefangen. Der Wille zur Heiligkeit ist da ... Wenigstens behauptet es deine Frau. Was meinst du, Edouard?« Edouard meinte noch immer nichts. Er zuckte missmutig die Achseln. Wie stets, wenn die Alte Gerichtstag hielt, fühlte er sich als Vater gedemütigt und als Mann bloßgestellt vor seiner Frau. »Na ja –«, meinte Grand'maman abschließend, »schlaft gut!«

Diese Nacht und den folgenden Tag blieb das hässliche Mädchen verschollen. »Sie schämt sich, die Gute«, verkündete Gudula stolz. Amanda hielt sich im Speicher versteckt, wo sie, auf einem Lager aus alten Zementsäcken schlafend, von der Tante aufgestöbert wurde.

»Sie tut Buße«, meldete diese im Erkerzimmer. »Sie hat auf härenen Säcken geschlafen wie der Einsiedler im Wald.«

»Aber, aber«, meinte Grand'maman. »Da wohnt doch der Zimmermann, der seine Frau verloren hat.«

»Grand'maman!«, rief Marie-Louise entrüstet. »Amanda! Ich meine ... so, wie die Arme aussieht ...«

Grand'maman sah Marie-Louise scharf an: »Du kennst die Welt noch lange nicht, meine Tochter! ...« Der scharfe Blick Grand'mamans hatte zur Folge, dass Marie-Louise sich in der nächsten Minute für ebenso hässlich und dennoch begehrenswert hielt (wenn auch nur für einen Edouard Schmittlin), wie die auf härenen Säcken schlafende Amanda, und aus Furcht, die ohnehin zu kurz gekommenen Lippen zu kauen, öffnete sie den Mund.

Dann richtete sie ihre Gedanken auf den bevorstehenden Familienrat, und die verscheuchte Heiterkeit kehrte leise zurück.

Um halb neun Uhr waren die Stühle und Sessel in der Erkerstube besetzt. Grand'maman thronte auf ihrem erhöhten Platz. Als sie Edouard das Wort zur Darlegung des Sachverhalts erteilen wollte, zeigte es sich, dass die Familienmitglieder ausnahmslos im Bilde waren.

»Aha«, sagte Grand'maman strahlend. »Ich habe es mir gedacht.« Marraine, die halb in ihrem Rücken saß, kicherte.

Sie hatte ihr unansehnliches Männlein mitgebracht. Er saß in der hintersten Ecke beim Flügel, und hie und da verschwand sein Kopf hinter der schwarzen Brüstung. Marie-Louise hatte für ihn Kognak im Notenständer untergebracht, dem er, um keine Zeit zu verlieren, eifrig zusprach. Ein besseres Versteck konnte es nicht geben, weder für den Kolonialwarenhändler noch für den Kognak, und sicher wäre er unbeachtet geblieben, wenn er nicht dem Kichern seiner Frau durch lautes Prusten gleichsam einen Kometenschweif angehängt hätte. So aber ereilte ihn sofort die Strafe, indem Grand'maman anordnete, dass er seinen Platz mit seiner Frau zu tauschen habe.

»Wir brauchen hier Männer, keine kichernden Ziegen«, sagte sie ruhig. »Die Kognakflasche überlässt du gefälligst den Herren Mozart und Beethoven.«

Marraine war gehorsam aufgesprungen und ging Seide raschelnd ihrem Partner entgegen. In der Mitte des Zimmers blieb sie stehen, denn hier wurde ihr klar, dass sich ihr Männlein der Ausführung des Befehls widersetzte. Er war hinter dem Flügel verschwunden, man sah nichts mehr von ihm.

Eine Welle heißer Liebe stieg in ihr auf, sie ließ den Blick beinah hochmütig über die Versammlung schweifen.

Das gleiche tat Grand'maman. Ihre Seelenstärke erlaubte ihr, sich an der stummen Billigung zu laben, die das zu seinem Kognak hinabgetauchte Familienmitglied von den Versammelten erfuhr.

»Na gut«, sagte sie. »Wir können nicht gut die Feuerwehr rufen, um ihn dort wegschleppen zu lassen«, und mit einer höflichen Gebärde forderte sie Marraine auf, zu ihrem Stuhl zurückzukehren.

Da tauchte auch der Kolonialwarenhändler wieder auf. Er machte ein ernstes, aufmerksames Gesicht und schien von dem Vorgang nichts bemerkt zu haben. Als ihn das Familiengelächter begrüßte, lächelte er verlegen und nahm, mit einem Blick auf Grand'maman, gleich wieder eine untertänige Miene an.

»Armer Kerl«, murmelte Grand'maman. »Er ist der Beste von euch allen.«

Sie bat um Ruhe, und von der Voraussetzung ausgehend, dass es sich bei ihrem bedauernswerten Enkel womöglich um ›einen ausgesprochen medizinischen Fall‹ handle (ihr Blick streifte Marie-Louise), bat sie als Ersten den Doktor Walter um seine Meinung.

Die Meinung des Doktors war ebenso kurz wie bestimmt. Mit der Medizin hatte die Geschichte nichts zu tun, wenigstens nicht, soweit sie den Jungen betraf – um so mehr aber mit dem Anstand und den guten Sitten. Wenn Eltern, die in der Stadt wohnten, zudem noch in nächster Nähe der Anstalt, ihren Sohn im Internat unterbrachten, so hatte das, mit einem Wort, als ein Skandal und eine Schande zu gelten, als eine Ohrfeige, die eine Familie sich selbst vor aller Welt versetzte. Damit erklärte sie ihre Unfähigkeit, ihr Kind selbst zu erziehen, und also ihren Bankrott. (Hier nickte Grand'maman). So etwas war noch nie da gewesen, solange die Schule bestand – und Gott weiß, wie lange sie schon bestand! Geradeso gut konnten Eltern ihr Kind ins Gefängnis stecken. Eine Familie, die sich so tief erniedrigte, zerstörte ihren Ruf und gab ihre Ehre den niedrigsten Verleumdungen preis.

»Tu mir den einzigen Gefallen«, sagte Grand'maman, »und reiß nicht an deinem Mephistophelesbart. Ich weiß, er ist nicht angeklebt. Er ist natürlich, echt und recht gewachsen.«

»Ja, und dann«, brach Hedwig Walter aus, »die Hauptsache ... Als Schwägerin Marie-Louises muss ich daran erinnern, dass alle Welt auf sie, Marie-Louise, zeigen würde, auf die Mutter, die aus gewissen Gründen nicht in der Lage sei, für die Erziehung ihres Sohnes zu sorgen ... Ich nehme an, Grand'maman, Sie haben nicht an diese Seite der Angelegenheit gedacht.«

»Ich habe daran gedacht«, sagte Grand'maman.

»Dann«, rief Hedwig Walter, »in diesem Fall«, ihr ganzer mächtiger Leib geriet in Bewegung, »und da ihr eigener Mann es nicht sagt, muss ich es sagen: In diesem Fall ist das, was Sie da tun, Grand'maman, eine – eine –«

»Ich sage es«, unterbrach Edouard sie mit leiser, aber fester Stimme. »Es ist der Gipfel der Grausamkeit.«

Grand'maman schüttelte nicht einmal mit dem Kopf. Sie lächelte, ohne zuvor geschüttelt zu haben, und zwar ausgesprochen freundlich.

»Und ich dulde es nicht«, fügte Edouard hinzu.

»Das habe ich erwartet«, sagte Grand'maman.

Die unheimliche Ruhe von Mutter und Sohn Schmittlin wirkte lähmend auf die Gesellschaft. Es folgte eine Pause, die zu beenden niemand fähig oder gewillt schien. In das Schweigen hinein sagte der Kolonialwarenhändler mit gutmütig schleppender Stimme: »Aber sie droht ja nur damit ... Glaubt doch nicht, dass sie Ernst macht ...«

Und dann war es wiederum still und lastend wie zuvor.

Als nichts von dem Gewaltsamen geschah, das alle gleichsam in der Luft spürten, als der Ausbruch, den sie wünschten und fürchteten, ausblieb, sagte Grand'maman höflich: »Ich denke, Marie-Louise macht noch ein wenig Musik, und dann gehen wir schlafen. Bitte, meine Tochter!«

Marie-Louise spielte den Trauermarsch von Beethoven. Als sie fertig war, nahm sie nach kurzem Besinnen das Gläschen Kognak an, das ihr Nachbar ihr artig reichte, und trank es auf einen Zug, und das gleiche tat sie nach dem Trauermarsch aus der *Götterdämmerung*. Jedes Mal glaubte sie zu erstarren und gleich darauf in Flammen aufzugehen. Sie hörte nur von fern, was sie spielte. Die Befürchtung Edouards, sie werde auch den folgenden Trauermarsch von Chopin mit einem Gläschen beschließen, erfüllte sich nicht. Sie stand auf – und sprach: »Bedaure. Mehr Trauermärsche kann ich nicht.«

Tonfall und Gebärde wirkten so drollig, dass die von widerspruchsvollen Gefühlen aufgewühlten Zuhörer gleichzeitig loslachten, Grand'maman lächelte, ausgesprochen freundlich.

»Lacht nur, Kinder«, meinte sie. »Wer zuletzt lacht, lacht am besten.«
Und ohne Übergang im gleichen Ton: »Ich wusste gar nicht, dass uns-
re Marie-Louise auch im Trinken eine Künstlerin ist.« Sie machte eine
Bewegung, als ob sie ein Gläschen kippte. »Alle Achtung!«

Sie strahlte. »Da habt ihr' s. Wenn wir es weiter so laufen lassen,
kommen wir alle an den Suff.«

Marie-Louise verfiel in krampfhaftes Gelächter, und Edouard führte
sie schnell aus dem Zimmer.

Zum Abschied defilierte die Familie vor der Großmutter. Jedes Mit-
glied wurde durch ein freundliches Wort ausgezeichnet. Dabei kamen
der Doktor und Marraines unscheinbares Männlein besonders gut
weg. Dem Doktor versicherte sie, was er gesagt habe, das stände un-
auslöschlich hinter ihren Ohren geschrieben, und der Kolonialwarenhändler erhielt das Versprechen, dass sie ihm die andre Hälfte der
Flasche fürs nächste Mal aufbewahren werde.

Schwefeldämpfe der Hölle

Im Herbst bezog Robert das Konvikt.

Er hatte darauf bestanden, von niemand begleitet zu werden. Bevor er ging, legte ihm Grand'maman noch einmal die Umstände auseinander. Zu seinem Ärger wohnte Gudula der Predigt bei – Robert starrte auf das rote Loch und hasste.

»Siehst du«, erklärte die Alte, »es muss überall Ordnung sein – nicht wahr, Robby, ich spreche zu dir wie zu einem Mann. Ohne Ordnung kann die Welt nicht leben. Sonst geht alles drunter und drüber. Sonst herrscht das Chaos.«

»Was soll sonst herrschen?«, rief Gudula.

»Das Chaos. Wenn alles drunter und drüber geht.«

Gudula nickte: »Das Kaboß, ich verstehe.«

»Das Kaboß!«, brach Robert höhnisch aus.

Gudula blickte schief auf ihn hinunter und bestätigte: »Das Kaboß, jawohl. Wenn alles drunter und drüber geht.«

»Lass die ungebildete Person«, sagte Grand'maman leiser.

»Bitte, ein klein wenig lauter!«, schrie Gudula.

Grand'maman sprach aber nicht lauter, und Gudula verließ in stummer Empörung das Zimmer.

»Um so besser«, meinte ihre Herrin ... Sie hatte so klare Augen! *Stella matutina*, der Morgenstern! ... Der Junge schaute wider Willen besänftigt in die unsägliche Reinheit dieser Augen, von denen es hieß, dass sie sich seit Grand'mamans Kindheit nicht verändert hätten. Sie waren übernatürlich.

»Also höre zu, Robby, und geh nicht schon wieder mit deinen Gedanken wer weiß wohin spazieren. In dir ist keine Ordnung mehr, mein Junge, und um dich herum auch nicht, weil du alles mit deiner Unordnung angesteckt hast. Deine Eltern sind zu schwach, ich bin zu schwach, wir haben dich alle viel zu gern. Du musst einen Herrn über dir fühlen – du siehst, Robby, ich spreche zu dir wie zu einem Mann! Gib acht, dort drüben werden sie dich bald in Ordnung haben, mein Junge. Sie sind Fachleute darin, den Teufel aus seinen Schlupfwinkeln zu vertreiben. So, und nun gib der Grand'maman einen Kuss.«

Robert gab ihr mit gespitzten Lippen den Judaskuss.

Dann fuhr er mit einem wunderbaren Lederkoffer, den die Mutter ihm geschenkt hatte, über die Wilhelmerbrücke in das Internat. Es war ein grauer Tag und die Ill der dunkle Spiegel des Himmels. Jenseits der Brücke erhob sich der mächtige Bau der Schule. Obgleich sie einen großen, ungleichen Häuserblock bildete, verliehen ihr die Schönheit der Maße und das Rosa des Sandsteins einen Ausdruck behaglicher Vornehmheit, die eine weitläufige, zwei Flügel verbindende Terrasse festlich betonte. Wenn vor dem grauen Tag noch ein Schimmer von Heiterkeit bestand, so war es hier.

Robert betrachtete die Schule ganz anders als sonst, denn jetzt kam er ja, um sie zu bewohnen. Jetzt waren sie füreinander verantwortlich. Zum ersten Mal glaubte er zu spüren, was die Lehrer gelegentlich den ›Geist der Anstalt‹ nannten. Auch das bischöfliche Wappen im Schlussstein des Eingangs berührte ihn anders als sonst. Es verpflichtete ihn, nahm ihn gleichsam in seinen Dienst.

Er kam gern, es war ein Abenteuer – viel ungemeiner als alle, die er bisher sowohl erlebt wie erfunden hatte. Er wurde herzlich aufgenommen. Das Schlafzimmer, das man ihm, wie mit den Eltern verabredet, anbot, lehnte er ab – was freilich nicht den erwarteten Eindruck machte.

Eine Ahnung sagte ihm, dass die Großmutter mit ihrem Starrsinn ihren eigenen Untergang heraufbeschwöre. Dass er es vorzog, unter lauter ›Straßenpöbel‹ zu schlafen, konnte zur Beschleunigung der Katastrophe beitragen.

»Das Kaboß«, murmelte er, während er unter Anleitung einer betagten Ordensschwester seine Sachen in einem Schrank des riesigen Schlafraumes unterbrachte.

In seiner Verbannung sah er auch eine Strafe für die Eltern, die trotz des großen Aufwandes den Willen der Großmutter nicht hatten brechen können. Einmal war aus dem elterlichen Schlafzimmer ein Wort des Vaters an sein Ohr gedrungen: »Entweder wir geben nach, oder ich muss sie ermorden, denn hinaussetzen kann ich sie nicht.« Und

Robert war der Meinung gewesen, in diesem Fall gehöre die Großmutter in Stücke geschnitten. Die Gedankensünde wurde der Ausgangspunkt für seine Bekehrung. Was Grand'maman kaum zu hoffen gewagt hatte – er wurde fromm, er wurde ein Musterschüler. Er ließ sich die Haare schneiden. Er log nicht mehr und wies jede Art von Märtyrertum für seine unwürdige Person zurück.

Seine Aufrichtigkeit bekam einen Anflug von Wildheit, die Mitschüler und Lehrer erschreckte. Er sehnte sich nach den Weihen und Machtvollkommenheiten des Priesters. Als höchstes Ziel winkte, ein berühmter Beichtiger zu werden. In der Hoffnung, Visionen zu haben, fastete er und hielt sich nachts künstlich wach, um zu beten und über das Leben der Heiligen nachzudenken. Mitunter musste er infolge eines Machtspruchs des Aufsehers im Speisesaal seinem Appetit freien Lauf lassen. Nachher ging er hin und steckte den Finger in den Hals. Es kostete seinen Beichtvater viel Mühe, den abgemagerten Jungen allmählich wieder auf das vom Anstaltsarzt geforderte Gewicht zu bringen. Schließlich ließ er sich durch das Beispiel des heiligen Aloysius verführen, der gern und erfolgreich gespielt hatte, und wurde ein unübertroffener Ballschläger und einer der Ersten im Turnen. Seine Kameraden liebten ihn – und er schenkte ihnen alle Leckerbissen, die er von zu Hause bekam.

Während er solchermaßen in Glanz und Duft dem Paradies entgegenschritt, breiteten sich im Erkerhaus am Schiffleutstaden die Schwefeldämpfe der Hölle aus.

Amanda versteckte sich des Öfteren ohne besondere Veranlassung im Speicher, und der Gedanke an den Zimmermann raubte Grand'maman den Schlaf. Ihrer Aufforderung, vor ihr zu erscheinen, um über die Erziehung seines verwaisten Sohnes zu sprechen, leistete der Kerl keine Folge, und Edouard lehnte seine Maßregelung mit dem Bemerken ab, der brave Mann sei Sozialdemokrat und schere sich den Teufel um die Ratschläge älterer Damen.

Sie beklagte sich bei Gudula.

»Was ist denn auf einmal los? Sie sind alle verkehrt, gar nicht mehr zu erkennen. Was fehlt ihnen bloß? ... Mir scheint auch, die Amanda bekommt langsam einen größeren Kopf. Und sie guckt so frech. Wir müssen sie fortschicken.«

Gudula erklärte mit lauter, getragener Stimme, das sei eben das Kaboß, es ginge alles drunter und drüber. Und wenn es wahr sei, dass der Teufel die Hand im Spiele habe, so geniere er sich überhaupt nicht mehr, seitdem der junge Herr aus dem Hause sei. Und wenn Amanda entlassen werde, ginge sie auch, und es wäre jedenfalls menschlicher gewesen, den jungen Herrn mit der Klopfpeitsche zu bearbeiten, als ihn zum Zuchthäusler zu machen – sie könne es nicht aussprechen, in welchen Ruf dieses einst ehrbare Haus gekommen sei, in dem das eigene Kind nicht leben dürfe, so schlimm, ginge es darin zu.

»Mach gefälligst, dass du rauskommst«, befahl Grand'maman. »Du weißt auch nicht mehr, was du redest.«

Marie-Louise war zweimal fort. Jedes Mal suchte der Gatte sie vergebens. Da der Junge fehlte, an den er sich halten konnte, begann er, das Haus zu meiden, und nahm die Mahlzeiten in der Stadt ein.

Grand'mamans Befürchtung, dass der Teufel seine Hand im Spiel habe, bestätigte sich. Es war das Blendwerk der Hölle, wie es im Buche steht: Die Frau des ›kleinen Walter‹, die Person, die nie jemand gesehen hatte, machte eine Erbschaft, und das Ehepaar zog sich großartig an die Riviera zurück. Auch der Teufel verrichtete Wunder – sogar mit Vorliebe –, und jedenfalls waren sie auffälliger als die des Himmels. Aber man erkannte sie unweigerlich am Geruch!

Sie brachte die Erbschaft der ›Person‹ mit der Lasterstadt Marseille in Verbindung, woraus die Übersiedelung an die Mittelmeerküste ›sich von selbst erklärte‹. Denn bekanntlich zog es die Verbrecher immer an den Ort des Verbrechens – auch die Erben. »Auch die Erben«, bestätigte Gudula, für die Großmutters verzwickte Beweisführung so klar war wie das Einmaleins.

Freilich verlor Grand'maman das Interesse für das sündhafte Treiben der ›Personen‹ im Süden, als sie erfuhr, dass der ›kleine Walter‹ seinen Geschäftsanteil Edouard zu treuen Händen übertragen habe, wodurch der Sohn ihr gegenüber in Vorteil kam. Der Ausdruck ›zu treuen Händen‹, den sie zum ersten Mal hörte, ließ sie nicht mehr los, er verfolgte sie bei Tag und Nacht, ›zu treuen Händen‹ wurde eine Art Teufelsbeschwörung, die sich gegen ihren Willen in ihr festsetzte.

»Da!«, sagte sie, wenn sie der gänzlich verstockten Amanda eine Ohrfeige gab. »Da hast du – zu treuen Händen!«

Und Amanda lachte.

»Sie sind alle verdreht«, murmelte Grand'maman.

Es dauerte nicht lange, da schlug ihr Edouard die Auszahlung ihres Geschäftsanteils vor. Er sei dazu in der Lage, äußerte er, obwohl die Geschäfte schlecht genug gingen, und er riet ihr, das Geld in mündelsicheren Papieren anzulegen.

Sie schüttelte und sagte mit meckernder Stimme: »Deine Mutter willst du mit dem Hurengeld des kleinen Walter auszahlen?«

»Wieso Hurengeld?«, fragte, er verblüfft.

Die Antwort auf die Frage blieb sie schuldig, und als das Lächeln endlich heraus war, erklärte sie: »Was fällt dir ein? Ich habe das Geschäft in die Ehe eingebracht; heute noch plagt mich das Gewissen, weil ich deinem armen Vater erlaubte, den Namen der Firma zu ändern. Er war so ehrgeizig in seiner Jugend – er hat es ja auch nicht lange gemacht. Es war ein Raub am Andenken meiner Eltern und weiter nichts. Aber du kennst mich, ich bin eine gutmütige Frau. Nein, mein Kind, ich bin im Geschäft und bleibe im Geschäft, bis ich in Frieden sterbe.«

Aber offenbar hatte der Schlag sie schwer getroffen. Sie begann zu kränkeln, es war ohnehin ein nasser, nebeliger Winter, und Edouard machte sich Vorwürfe. Wenn sie nicht im Bett lag, saß sie im Erker und fütterte die Spatzen. Hingegen hatte sie die Gottlosigkeit des *Temps* entdeckt und ließ ihn, unberührt in seinem Streifband, zu einer Wand anwachsen auf dem Tischchen. Der Staden war meist in einen gelblichen Nebel gehüllt, der an die bekannten Schwefeldämpfe erinnerte, und die Menschen krochen vorbei als schwarze Erscheinungen, die man nicht voneinander unterscheiden konnte. Die andern, die in der hell erleuchteten Elektrischen vorbeifuhren, schienen alle geschminkt und aufgedonnert zu einem Kostümball zu fahren. Die Stundenschläge der Kirchen antworteten einander träge und verstockt, als wollten sie nicht mit der Wahrheit heraus, und das Zehn-Uhr-Läuten vom Münster klang wie die Armesünderglocke, die eine ganze Stadt in eine Nacht voller Albträume geleitet.

Es gab auch andre Tage, so klar und sonnig, als läge die Stadt statt in der Rheinebene tausend Meter hoch in den Bergen. Jugendfrisch stand der Münsterturm in einem Himmel, dessen Bläue eben erst erfunden schien. Er war fein und fast durchscheinend aus rötlichem Licht und Silber gebildet. Das Silber war der innersten Himmelsbläue entnommen, das rötliche Licht der Sonne, und beide blieben sichtlich mit ihrem Ursprung vermählt, obwohl das herrliche Gebilde in aller Fülle und Kraft für sich allein bestand.

Über den Staden, die Dächer der Waschpritschen auf der Ill, die Gesimse der gegenüberliegenden Häuser lief in Teppichen und Girlanden der Raureif, glitzerte und versprühte bunte Funken. Am längsten spielte das Feuerwerk auf dem schmalen, eisernen Geländer des Stadens.

Aber Grand'maman verabscheute diese Tage, an denen die Stadt aufatmete, die Glocken sangen, jeder Laut hallte und der Straßenlärm plötzlich ohne jeden Grund festlich aufrauschte. (Und dabei passten ihre Augen so gut zu der Klarheit der Luft, dem reinen Blau des Himmels, ja, sie schienen das menschliche Auge selbst dieser Tage!) Sie hasste die Waschfrauen, die in ihren Pritschen gleich brünstigen Welttieren tobten, sie verscheuchte die Spatzen vom Fensterbrett, weil sie nicht länger mitansehen konnte, wie das liederliche Volk (›die reinen Preußen‹) sich frech und unanständig aufführte. Alle Welt trieb Unfug an diesem Tage, von der Elektrischen, die zu ihrem alleinigen Vergnügen klingelte, bis zur Küche, die von Geschirrgeklapper, Gudulas Schreien und Amandas wehmütigen Liedern dröhnte wie eine Kirmes.

Grand'maman war der verlogene Frühling in der Seele zuwider.

Sie durchschaute das Blendwerk des Bösen und kehrte ihm den Rücken.

Samstags raffte sie sich auf, um ihren Enkel in der Sprechstunde zu besuchen. Der aber fühlte sich gerade an diesem Tag meist unwohl, und wenn sie sich zu ihm ans Bett setzte, hatte er leichtes Fieber und döste vor sich hin.

Da er erfahrungsgemäß nur wenige Stunden krank war, erreichte er, dass er, statt in die *Infirmerie*[7] überzusiedeln, in seinem Bett bleiben durfte. »Du lieber Himmel«, sagte Grand'maman und blickte die endlose Reihe der Betten hinauf. »Ihr seid ja hierein ganzes Regiment von Taugenichtsen ... Was für Unfug treibt ihr da wohl nachts?«, fragte sie mit gewinnender Vertraulichkeit.

Robert zeigte auf einen Verschlag mit weißen Gardinen in der Mitte des Schlafsaales,

---

[7] Französ. – Krankenstube.

»Da wohnt die Polizei«, erklärte er. Grand'maman war nicht überzeugt.

»Das ist doch ein blutjunger Priester! Der muss doch schlafen wie ein Murmeltier!«

»Wir auch«, versicherte Robert und drehte sich auf die andre Seite. »Ihr auch? ... Na, Gott gebe es! Anstelle deiner Mutter ließe ich dich nicht in dem Stall.«

Als sie ihm wieder einmal wegen des mutmaßlichen Nachtbetriebes zusetzte, erbrach er sich, und die herbeigerufene Schwester riet Grand'maman, den Jungen allein zu lassen.

Er schien bedeutend wohler, sobald Marie-Louise dabeisaß, aber dann konnte Grand'maman sich des Eindrucks nicht erwehren, dass die beiden unter ihrer Nase Geheimgespräche führten, die keiner Worte bedurften. Sie überließen es ihr, die hörbare Unterhaltung in Gang zu halten.

Mitunter blitzte etwas wie Schadenfreude in den Augen von Mutter und Sohn auf, ein Funke sprang über, und dann verklärte sekundenlang ein Licht ihre Züge, dass sie einander auf überirdische Weise glichen.

»Lacht nur, Kinder«, sagte Grand'maman, »wer zuletzt lacht, lacht am besten.«

Um keinen Preis hätte sie jemand im Glauben belassen, man könnte sie unbemerkt hintergehen!

Als sich weder Mutter noch Sohn zu einer Antwort bequemten, war die alte Dame sehr betroffen. Da ja in der Tat niemand ausdrücklich gelacht hatte – wäre es demnach nicht ein Gebot natürlicher Schicklichkeit gewesen, ihr Misstrauen mit einem »Aber Grand'maman, wie kannst du nur glauben!« freundlich niederzuschlagen? Sie hätte sich dadurch nicht eines Besseren belehren lassen, aber der Respekt wäre gewahrt geblieben.

Ihre Nase wurde spitz und weiß.

»Die Leute wissen überhaupt nicht mehr, was Höflichkeit ist«, versicherte sie und stand auf.

Marie-Louise, mit ihrem Sohn allein gelassen, fragte: »Sag mal, du Schlingel, wie stellst du es an, dich jeden zweiten Samstag krank zu melden?«

»Mit dem Willen«, antwortete Robert.

»Aber da lügst du doch?«

»Nein, Mutter. Ich sage: Grand'maman macht mich krank, und das ist die Wahrheit.«

»Da blamierst du aber deine Familie.«

»Ich sage die Wahrheit.«

»Erzählst du noch mehr von uns?«

»Alles, was man wissen will.«

Marie-Louise ließ sich von seinem finster entschlossenen Blick nicht abhalten, hell aufzulachen.

Trotz des milden Winters gingen die Geschäfte schlecht. Als Grand'-maman um Geld bat, um ihrem Enkel ein Weihnachtsgeschenk zu kaufen, wurde ihr bedeutet, das Geschäft könne solche Ausgaben nicht tragen. Sie schüttelte mit dem Kopf und murmelte etwas von einem Rechtsanwalt. Eine Stunde später ließ er sich melden. Edouard hatte ihn geschickt. Sie jagte ihn davon. Dasselbe Los traf den Doktor Walter, der nach gründlicher Untersuchung feststellen musste, dass ihr nicht das geringste fehle. Sie ließ andre Ärzte kommen, die erklärten das Gleiche.

Eine gewisse Entspannung trat ein, als der alte Pfarrer der nahe gelegenen Magdalenenkirche sie häufig besuchte. Eines Tages kam auch er nicht mehr, und Amanda kreischte vor Vergnügen, weil sie Tante Gudula beim Fluchen ertappte. Wochenlang herrschte Totenstille im Erkerhaus am Schiffleutstaden, und auch die Spatzen blieben aus, weil keiner sie fütterte. Grand'maman und Gudula beteten um die Wette, die eine in ihrem Bett, um die Heizung zu sparen, die andre in der Küche, wo der Ofen glühte, obwohl kaum darauf gekocht wurde.

»Das Kaboß«, sagte Gudula.

Die Feste bei Marie-Louises Heimkehr wurden nicht mehr im Haus, sondern bei der Familie Walter gefeiert. Es machte übrigens wenig aus, ob Marie-Louise da war oder nicht. Auch wenn sie da war, erfüll-te sie die Wohnung nur stundenweise mit ihrer erbärmlichen Heiter-keit.

Eines Samstags wurde Grand'maman die Droschke, in der sie zu Ro-berts Schule fuhr, unter einem nichtigen Vorwand verweigert. Sie ging zu Fuß. Robert geruhte im Sprechzimmer zu erscheinen. Als sie sich bei ihm über die Unritterlichkeit seines Vaters beschwerte, fragte er, ob es also wirklich stimme, dass die drei Hündchen wieder zu Leoparden geworden seien, wie in der Stadt das Gerücht gehe – und auf ihre misstrauische Frage erzählte er ihr das Märchen von *Veni, Vidi und Vici*. Es war ein schönes Märchen, Grand'maman leugnete es nicht. Sie schüttelte nur furchterregend mit dem Kopf. Aber es kam kein Lächeln heraus. Der Junge starrte sie an.

Dass trotz heftigsten Schüttteils das Lächeln im Kopf drinblieb, war für ihn wie das Versagen eines Naturgesetzes. Gleich trifft sie der Schlag, dachte er. Robert hatte Angst – eine grässliche Angst. Er hielt sich bereit, ihr beizuspringen, und gleichzeitig war er entschlossen, sie nicht anzurühren, wenn sie umfiele. »Das Internat«, sagte sie und musterte entgeistert die weiß getünchten Wände des Saales.

Das Sprechzimmer der Schule lag im Hochparterre, es war groß und leer bis auf einen Tisch, einige Stühle und eine schmale Bank, die an der einen Wand entlanglief. An den Besuchstagen rumorte in der Ecke ein überheizter Ofen aus Gusseisen. Die hohen Fenster hatten Gitterstäbe. Als einzigen Schmuck wies das Zimmer ein Kruzifix und zwei schwarz gerahmte Bildnisse auf: Papst Leo XIII. und der derzeitige Bischof, und jedes davon hing ganz allein an einer großen, weißen Mauer. »Eine Wüste«, murmelte Grand'maman. Seltsamerweise genügte das Lächeln Leos XIII., den Raum zu beleben. Der winzige, blasse Vogelkopf folgte dem Besucher durch den Saal, das Lächeln, so fein es war, erfüllte die Luft, die Wüste lächelte.

Obwohl die Fenster aufstanden und die Wintersonne durch die Gitterstäbe hereinfiel, roch es muffig. Und wiederum war da jenes feine Lächeln und zeigte sich mit der Sonne und der einströmenden Frische im Bund und verbreitete einen herben, winterlichen Duft.

Robert hatte längst entdeckt, dass das Lächeln Leos XIII. seine Grand'maman gleichsam austilgte. Deshalb pflegte er sich auch so zu setzen, dass er an ihr vorbei auf die weiß schimmernde Gestalt an der Mauer blickte. Heute jedoch fühlte er sich vom Oberhaupt der Kirche in peinlicher Weise beobachtet. Er bat Grand'maman um Erlaubnis, mit ihr den Platz zu tauschen, und sie willigte ein, ohne den Ausdruck von Geistesabwesenheit zu verlieren. »Das Internat hat dich«, wiederholte sie, und als sie auch diesmal den Satz nicht zu Ende sprach, fragte Robert aufmunternd: »Ja? Bitte?«

Er wusste, was sie sagen wollte. Seit sechs Monaten wartete er darauf ...

»Nein, Grand'maman«, sagte er endlich. »Es ist nicht das Internat.«

»Doch«, flüsterte sie, »doch. Es hat dein Herz zu Stein gemacht.«

»Im Gegenteil«, behauptete er. »Du brauchst nur Mama zu fragen, ob mein Herz aus Stein ist.«

Kaum hatte er es ausgesprochen, schämte er sich. In seiner Verwirrung fuhr er mit den Fingernägeln zum Mund, doch gelang es ihm, die Hand noch rechtzeitig anzuhalten, er beugte sich ein wenig vor und betrachtete die gespreizten Finger.

Und dann kam es. Sie machte ihm das Angebot, ihn sofort aus der Anstalt zu nehmen.

»Komm, mein Kind, komm! Verlassen wir dieses entsetzliche Haus.« Sie sah sich um. »Es ist wirklich eine Sprechstunde für Zuchthäusler.« Und indem sie auf den Schatten der Gitterstäbe zu ihren Füßen zeigte: »Siehst du, wir sitzen beide wie gefangen.« Er lehnte ab. Er wollte nicht nach Hause. Er fühlte sich wohl im Internat. Er wollte Priester werden.

Sie schüttelte wie außer sich, und wiederum kam kein Lächeln. Als das Schütteln vorbei war, legte sie ihm die Hand auf den Kopf. Er richtete sich auf, und sie musste ein wenig nachrücken, um die Hand auf ihrem Platz zu behalten. Er sah ihr fest in die wasserblauen Augen.

»Robby, mein Kind«, fragte sie. »Sag mir – sind wir Feinde?«

Er antwortete: »Ja, Grand'maman.«

Er musste alle Kraft zusammennehmen, um ihre Berührung zu ertragen, und so saß er, innerlich zitternd, aber steif, mit einer Last auf dem Scheitel, die jede Sekunde schwerer wurde.

»Feinde«, betonte sie ... »Und wie verträgt sich das mit der Religion?«

»Ich bin kein Heiliger«, stieß er hervor.

»Du willst es aber vielleicht werden?

»Es verträgt sich mit der Religion.«

»Willst du mir nicht erklären –?« Sie ließ den Unterkiefer hängen und zeigte die Zunge.

»Man soll dem Bösen widerstehen«, sagte er.

Sie dachte nach, und dann nickte sie wiederholt.

»Ja, freilich, das soll man. Ich habe es mein Leben lang – so gut ich konnte – getan.«

»Wirklich?«, fragte er mit einem gehässigen Lächeln.

»Ja, mein Kind – wirklich und wahrhaftig. Und das Herz deiner Großmutter ist darüber nicht zu Stein geworden.«

Er sagte langsam: »Nimm, bitte, die Hand weg.«

Er schwankte, das weiße, verschwimmende Gesicht vor ihm war wie mit Fliegen besät – da verließ ihn die Hand, und er atmete tief.

»Ich will für dich beten, armes Kind«, sagte sie leise.

Er sah sie noch immer an. Sie hatte die klarsten Augen der Welt, *Stella matutina*, der Morgenstern.

Sie erhob sich und durchschritt den Saal. Er begleitete sie gewohnheitsmäßig, öffnete ihr die Tür. Sie sah ihn nicht an. Er schloss die Tür und ging in die Mitte des Saales zurück. Während er, ohne bestimmtes Gefühl, ein plötzlich aufsteigendes Schluchzen in der Kehle erstickte, hörte er, wie sie draußen Schritt um Schritt die Steintreppe hinabstieg.

Sie besuchte ihn nicht mehr.

Abschied

Und endlich, damit es wieder werde wie ›früher‹, damit der wachsende Trübsinn der Großen aufhöre, und weil die blau-weiß-roten Fahnen lustiger waren als die schwarz-weiß-roten, und auch, weil es so gerecht war, nach dem Verschwinden von so viel andern, die er totgeschlagen und die man zumindest von Ansehen gekannt hatte, endlich starb auch er, der nie gesehene Riese, der Krieg.

Wie er ins Leben getreten war, ob überraschend oder erwartet, daran erinnerten sich die Kinder nicht. Als er endete, waren sie überrascht von der Plötzlichkeit des Vorgangs.

Lisas Vater hatte sie gegen Ende des Vormittags mit sich auf die Plattform des Münsters genommen, dort standen sie und sahen ihn sterben. Sie vernahmen sein Röcheln und fingen seine letzten, flatterhaft irren Blicke.

Die Sonne schien, es war kalt, die weite Ebene vor ihnen silbrig bereift. Darüber lag ein eisig blauer Himmel. Nur der Vogesenkamm, der war von einer Wolke verhüllt, in der blitzte es unaufhörlich. Manchmal dauerte so ein Blitz minutenlang, und trotzdem erhellte er nicht das Dunkel, worin die Wolke die Berge mit ihren vertrauten Umrissen gefangenhielt. Oder die Berge, zu dieser Ansicht neigten die Kinder, waren gar nicht mehr da weggeschossen, aufgefressen vom Feuer. Wenn die Wolke sich verziehe, könnte man einfach nach Frankreich hineinsehen, und da man nun französisch wurde, fanden sie es recht und billig so und bequem. Indessen wurde die Wolke dichter und dichter, und sie donnerte und blitzte, und das Land mit seinen stillen Dörfern wurde immer fahler vor Schrecken. »Das sind die Amerikaner«, sagte Doktor Walter. »Sie sind frisch an der Front. Sie verschießen noch schnell ihre Munition.«

»Sie zielen nicht mehr«, betonte Robert.

»Ach so!«, sagte Lisa und atmete auf.

Ihr Vater hielt die Uhr in der Hand. Ernst, doch mit einem unmerklichen Lächeln verfolgte er die Zeiger, die der festgesetzten Stunde des Waffenstillstandes entgegeneilten, als zählte er die Pulsschläge eines Sterbenden.

Das Münster bebte von den Schlägen, die ununterbrochen auf den verdunkelten Horizont herniederfielen, und das Schwanken der Plattform unter ihren Füßen verursachte den Kindern Übelkeit.

»Jetzt!«, sagte Lisas Vater.

Die beiden Zeiger standen genau auf Mittag.

Im gleichen Augenblick verstummte das Dröhnen, und es blitzte auch nicht mehr in der Wolke über den Vogesen. Sie blieb unbeweglich, schmutzig grau, mit weißen Fasern am Rand, die sich im Blau des Himmels verloren. Der Doktor steckte die Uhr in die Tasche.

Aber die Stille, die jetzt eintrat, war so schrecklich, dass die Kinder sich an die Erwachsenen drängten und Lisa plötzlich erbrach.

Einige Erwachsene schrien »Hurra!« und »*Vive!*« Ein Spaßvogel, der Lisas Missgeschick bemerkte, sagte laut: »Genieren Sie sich nicht, mein Fräulein. Wir tun schon seit vier Jahren nichts andres.«

Die Kinder sahen sich um. Er trug eine abgerissene graue Uniform, und sein Gesicht war ein Dickicht kohlschwarzer Haare, aus dem zwei Augen hervorbrannten.

»Schweigen Sie!«, rief eine scharfe Stimme.

Der Soldat duckte sich und verschwand.

Alle Glocken läuteten, zuerst die des Münsters allein, gleich danach fielen die der andern Kirchen ein. Die Menschen auf der Plattform und die Häuser darunter standen wie begraben unter dem Geläut.

Und was die Kinder bei dem ›Jetzt‹ des Doktors empfunden hatten, das wiederholte sich für die ganze Stadt. Noch nie war es so still wie nun, als die Glocken aufhörten zu läuten.

Und über den verwesenden Krieg hinweg kam der Friede geschritten mit tausend Fahnen und Fanfaren. In jeder Gasse lag der Leichnam des Krieges. Durch jede Gasse marschierten, ohne zu stocken, die tausend Fanfaren und Fahnen. Sie hielten alle stundenlang in der Kälte aus, um ihn zu begrüßen, Bonaparte und Kléber, die Schwarze mit der roten Rose, Lucie Schön und die alberne Hämmerle, der Flügelmann der Ägypten-Armee, der zugleich der Schlachtenlärm und die Sultanstochter selber war. Endlich spürten sie wieder wie in den verschollenen Tagen des Kriegsbeginns den Stachel im erhitzten Gemüt, doch als steile Flamme jetzt und Maßlosigkeit, die sie lustvoll verzehrte. Sie standen vor ihren Eltern, schwangen kleine blau-weiß-rote Fahnen und schrien und polterten, wie sie nie hatten schreien und poltern hören, nicht einmal damals, als sie nach dem Einsatz der schweren Artillerie, der den Sieg bei den Pyramiden entschied, vor dem Gebrüll der Sieger davongelaufen waren. Ein- oder zweimal blickte Bonaparte sich nach Eva um. Sie war nicht da, die Blonde mit der weißen Rose, die für ihn hätte sterben wollen. Sie war mit ihrer Familie vor den Franzosen aus dem Land geflohen. Er vermisste ihre stolze Haltung, ihr frisches Lächeln, das nur ein halbes Lächeln war – eine Knospe, die, noch ganz voller Tau, sich unter der ersten Sonne öffnet. Lisa schwang ihr Fähnchen, drehte sich, sprang, öffnete sich gleichsam mit wilden Gebärden und schrie aus vollem Hals. Sie war herrlich wie eine Furie, und die vorbeimarschierenden Soldaten sahen sie an, lachten und machten ihr Zeichen. Bald darauf sperrte ihre Mutter sie ein, weil sie sich innerhalb einer Woche mit drei verschiedenen Offizieren verloben wollte.

Robert schrieb an Eva, erhielt aber keine Antwort. Wahrscheinlich wohnte sie nicht mehr im Karlsruher Hotel, das sie ihm als vorläufige Adresse angegeben hatte. Vielleicht auch hielten die deutschen Revolutionäre Post und Eisenbahn besetzt. Robert sah in ihnen Nachfahren der Jakobiner und wünschte ihnen einen saftigen Thermidor. Darin wusste er Bescheid. Revolutionen wurden gemacht, um einem Bonaparte in den Sattel zu helfen.

Und eines Tages dann waren die Gassen wieder die alten, zuweilen leer, zuweilen still wie ein Friedhof. Der Friede trug Alltagskleider und trat leise auf.

Die Ärzte waren voll beschäftigt mit der Bekämpfung der Grippe, und Doktor Walter musste einen Vertreter bestellen. Denn am gleichen Tag, an dem seine Frau in das harte, eiskalte Grab hinabgelassen wurde (der Winter mit seiner klaren Strenge und Unnachgiebigkeit, die wie bewusste Feindschaft wirkte, erhöhte noch die Grausamkeit des Vorgangs), legte er sich selbst zu Bett und stand nicht mehr auf. Wieder mussten die Totengräber zu den Spitzhacken greifen, um die tiefgefrorene Erde aufzureißen und den Sarg mit Lisas und Ferdinands

Vater neben den Sarg der Mutter zu stellen, worauf das entsetzliche Poltern der hart gefrorenen Erdbrocken auf den Sarg zum zweiten Mal in ihre Ohren drang.

Lisa schrie auf und stürzte in die Arme einer Frau, die unbeweglich dastand, mit einem Gesicht so hart wie die gefrorene Erde, und jetzt ihre Arme um sie schloss wie im Traum.

Das war Tante Anni aus dem benachbarten Baden. Obwohl sie nur eine Eisenbahnstunde entfernt wohnte, hatte sie die Einreiseerlaubnis nach Frankreich nicht früh genug erhalten, um am Begräbnis ihrer Schwester teilzunehmen. So war sie wenigstens auf den Tag genau zurechtgekommen, um den Schwager zu begraben.

Tante Anni löste den Walterschen Haushalt auf und nahm die Kinder mit sich über den Rhein.

Bonaparte gab ihnen das Geleit bis an die Kehler Brücke. Dabei erfuhr er, dass Evas Vater Oberamtmann in Himmelsburg geworden und Eva das Mädchengymnasium besuche. Tante Anni äußerte, sie sei ein schönes und edles Kind. Von der Revolution und der Wirtschaft der Roten hatte man in Himmelsburg wenig gespürt. Soweit sie Farbe bekannten, waren sie lammfromm, und insofern konnte Evas Vater mit seinem neuen Amt zufrieden sein.

Kurz bevor der Kommissar an der Rheinbrücke die Reisenden entließ, nahm Robert Lisa auf die Seite: »Du wirst Eva von mir grüßen«, befahl er. »Verstanden?«

»Ich werde es mir überlegen«, antwortete sie, und bevor er etwas hinzufügen konnte, wurde sie von Tante Anni, die über die Umständlichkeit der Grenzkontrolle erbost war, ergriffen und mit einem Ruck in eine Kette von bepackten, furchtsam eiligen Menschen geschoben, in der sie sofort verschwand. Der hochgetragene schwarze Hut Tante Annis mit dem Schleier blieb noch eine ganze Weile sichtbar.